该很好，你若尚在场

Letter
to
the
Deceased
Husband

何淑珍——著

河南文艺出版社
· 郑州 ·

# 目录

# 序 言

写这本书，我得回溯到二〇一一年了。美国新泽西州，冬、春二季的天气都是很寒冷或经常飘着大雪，惯居住于香港的我，在这种寒冷天气、杳无人迹的新环境下很不习惯的。环境的改变和心里的寂寞也令人较易缅怀旧事，加深离乡别井、思念香港的情怀，幸一直有丈夫陪伴着。

自二〇一五年冬天，在这种寒冷的天气下，我开始学习书写一些偶有所感的随笔，断断续续地在这期间里写下了多篇。所书写的随笔，回应寒冷气候下，初以《寒窗杂感》为标题。

其后，二〇一五年年底在蔡澜先生穿针引线下和皇冠出版社联络上，拟出一本由我撰文、由美璐作插图的书画册，内容由我们自行拟定。

近数年，自己也曾思考过，想写一些回忆的文章，害怕日后记忆力衰退，以前的事情就会渐渐淡忘，其实亦是自己一生的回顾记录，惜迟迟犹豫未能写就，适逢其会，得蔡先生骤然相邀，不自量力地也一口应承，幸而完书日子不做限制，书写方式也可慢慢细思量。圣诞节过后，《珍收百味集》一书，开始着意撰写了。

七十多年湮远的陈年往事，旧事重提下，只觉累积之事太琐碎而述事偏繁，得集中精神书写，并期望此书丈夫在有生之年能得目睹，遂专心撰写《珍收百味集》，之后的一段时间，《寒窗杂感》随笔一度停顿。

母女两人全力撰写及绘图，半年的时间全书终告完成。《珍收百味集》一书有幸在二〇一六年八月底出版了，其间，我们回香港三个星期，最后丈夫在威尔斯亲王医院终目睹刚出版的《珍收百味集》样书了。可是，我们回美国两日后，九月九日下午三时，丈夫便安详地在家中逝世，遽然而去了！

丈夫走后，骤失所依，家中日常琐事如影随形，心中凄苦，无从倾诉，万念俱灰，郁结心情难以放下，冀望把思念丈夫之情怀举笔寄情书写于字里行间，聊作自我抒怀，借以寄意而已。

俟二〇一七年复活节期间，悄悄在窗前花园树下替丈夫设立衣冠冢后，遥遥相对，有它为伴，亦恍若与丈夫朝夕相见。

当彻夜不成眠，窗前孤灯下，有感而发地写下书信多篇，借着写给丈夫的信，向他呢喃倾诉着。

写下的书信，把心中所思、所感、所见、所闻、所虑的情意，陆续地写信向他一一细诉。信笔写下多篇给丈夫的信，实是自我抒怀寄意而已。

许是"满纸无聊语，尽是胸臆言"，却教人不胜唏嘘！料想，丈夫对我的来信是永不会觉得闷，也不会见烦，他会很高兴，很有耐心地听我向他细细倾诉。涓流不息的思念之情，凭书信以寄意，稍减哀伤、孤独、寂寞，可说是我和丈夫心灵相通而能长久维系的一种抒发情感方式。日积月累之下，日后亦将是我"岁月留痕"暮年中的生活见证！

如无意外，我将会源源不断地写下去！


**何淑珍**
二〇一七年五月五日
新泽西州

## 略论外子之处事与为人——丈夫辞世后的第一篇

外子苏庆彬，跟他相遇、相爱、结婚，可说是我们两人的一种缘分。一九五五年秋天，我在新亚夜校读书时跟他相识，一九六三年结婚，到现在二〇一七年，算起来认识的日子已超过六十年。一个甲子的岁月，也不算短了。

结婚后，一起生活也有五十三年，相信以我对他的认识和了解，他的处事态度及为人，我是最清楚的。一贯以来，他处事态度严谨而作风低调，做事重信诺而坚持，待人坦诚且乐于助人，是一个孝顺父母的好儿子，是一个尊敬师长的好学生，是一个爱护学生的好老师。他对亲友热忱，爱他的母校，爱他身边的每一个人，更热爱他的工作，至死方休。

他对年老父母悉心照顾，父母因病离世后，常自愧未能尽子之道而自责。其实父母年事已高，生、老、病、死是人生必经阶段，为人子者又能怎样？尽孝而已。

兄弟四人，他排行第三，对兄嫂尊重，对侄儿们更视如儿女般严加教导，可惜不为兄嫂接纳，反遭部分侄儿厌恶，这事常令他耿耿于怀。

他常言，他的一生从读书到做事直至退休，从未踏出校门，很单纯地在自己的校园里生活着。所以，他对母校——新亚书院怀有极深厚的感情，可以说新亚书院就是他心中的第二个家，因而他对所有老师都很尊重与敬佩，也很感谢老师们的教导和栽培。老师说过的话，他会铭记于心，不敢遗忘。

对朋友，他从来都是以诚相待，绝不意存虚假之心。朋友有事，能帮忙的总热心帮助；朋友有困难，他都希望能替他们解决。自己得着好的，也希望能与大家共享，至于是否热心过度，令人产生怀疑就难说了。

他的性格是很执着的，只要他认定是对的事，或许诺了别人的事，他都会遵守承诺而不变；而对一些他认为颠倒是非或不尽不实的事，他都会严厉批评而绝不掩饰。这或许是他修读历史学人的作风，事事明辨是非的"职业病"吧。不过我觉得，这有点欠缺容人风度，修养上总有点不足吧，同时也往往因此而易开罪于人。不过他性格如此，是不能改变的了，八十多岁的老人性格更为固执，要他改变可难了。

家庭中他是一个尽责忠诚的好丈夫，也是一个非常爱护孩子的好父亲。孩子们的居家琐事有妻子照顾，他不需要理会，但对学业方面却是很注重，尽力培养他们，希望他们能多读点书。家中书室命名"继圃斋"，就是秉承他祖父苏芳圃要子孙多注重读书的意思，幸好儿女们也不负所望，总算略有所成。

二〇一四年年中是噩梦的开始。他罹患胃癌恶疾，已扩散且近末期，据专科医生诊断，生命或只余半年时间。幸他能从容处之，一方面专心接受治疗，另一方面则全心全意集中编撰尚未完竣的《清史稿全史人名索引》。有幸天假以年，给他多活两年，让他事事安排妥当，目睹《清史稿全史人名索引》终编撰成书，圆其心愿！

二〇一六年八月，由我撰文、大女儿美璐插图的《珍收百味集》出版，我相信他是最高兴的，也许是他临终前最开心的一件事。此书除了妻子和女儿难得的通力合作外，更可以说是他后半生的生活写照。因而在我书写期间，女儿每日通过 iPad 传来书中的插图画稿，他总要先睹为快，成为他这大半年生活习惯的一部分。

二〇一六年八月回港，他的病情已趋恶化，他自知应是最后一次了，千辛万苦仍坚持要回香港，主要是跟在港的亲友及同学做最后的道别。其次想亲身参与妻子和女儿在香港由蔡澜先生替我们筹划举办的书画展览，作为给予妻子和女儿精神上的最后一次支持；亦冀望在画展开幕仪式中，能多见各亲友一面。

画展开幕礼后，他可能自觉体力已支撑不住，曾一度要求提早回美国，却因崇尹及美璇两人在画展日刚由美国及德国千里迢迢地赶来香港与他会面，最终取消提早回美国的念头。九月七日早上，与一众学生机场道别。圆其心愿，在不打扰别人的情况下顺利回到美国家中，两日后，二〇一六年九月九日毫无遗憾地在家中安详辞世。

我真的很佩服他，对生活充满热忱，对生命处之泰然，在生命垂危时的意志力竟是如此强烈，冷静处理更非常人所能做到，由此更可证明他做事的坚持是何等惊人，更令人深感佩服！

丈夫的一生，都在他撰写的《七十杂忆——从香港沦陷到新亚书院的岁月》一书中。他毫不掩饰地把心中所思、所想、所见、所闻、所感表露出来，更可从中窥见他对父母的敬爱、对老师的尊敬、对亲友的热诚、对学生的爱护、对家庭儿女的尽责……能做到如此，上不愧于天，下不怍于地，此生可以说问心无愧，而走亦诚无憾矣！

二〇一七年春
新泽西州

# 悼念文四则——给挚爱的丈夫

## 一 死生契阔

九月九日那天，你一直都是疲倦的，在家里的床上沉睡着，也不言语，亦再没有呕吐，许是油尽灯枯了，只在临终前，无语地强自睁开眼睛，深深地注视了一会儿床边心爱的妻子，就无力地把眼睛闭上——遽然而去了！

我轻抚着你那渐变冷冻的脸，手握着你冷冰冰的手，无言地心疼着，责备你的不守信诺。你不是已许诺让我先行，因何却先我而去？留下我再历经一次丧失至亲之痛，我多害怕，你又多残忍！而你却走得那么潇洒，那么无憾！

记着！我们还有那"死生契阔，与子成说。执子之手，与子偕老"来生之约，你得在春晖园墓地旁静静地等我，可不许再悔约了。

## 二 秋夜怀念

九月十六日，你已宁静地安息于春晖园墓穴中，那是你亲自拣选作一生最终落幕的地方，也是你期望能安逸地长眠的最后归宿地。

深夜，窗外正下着毛毛细雨，寂寂的晚上，只闻鸦声悲鸣，令人更添愁绪。

室内，孤灯斜照，断肠人夜不成眠，床上枕被依旧如常摆放着，仍是你走前的样子。轻抚斜枕，恍若与你细诉，手握被侧，犹若与你相牵。若说日有所思，夜应有梦，因何梦里总不得见？

许是我思念之不足，或是你已把我忘记！

唉！雨声滴滴，何时到天明？

## 三　午夜梦回

九月廿四日，中秋过后，更深人静，午夜在梦中觉寒冷而惊醒，惯性地摸近你的被边，突惊觉被的一角上竟湿了好一大片。许是你回来看望我，怜我凄清而下泪吧！我不信，我有那么多泪水！许是你用寒冷身躯依偎着我，所以我觉得冷。既是怜我、悯我、挂我，为何不入我梦，让我在梦中能与你相见？

## 四　与你同在

你走后，我捡拾你留下凌乱而类别繁多的遗稿，也一一为你细意安排，寻找合适之人替你再续那未完成的文稿。

你写的"雪泥鸿爪"，有着我们过去的怀念，有着我们过去的回忆。我重新为你细心地整理着，一个字一个字地重新抄入我的稿件档案里，回味着以往与你同在一起的日子。这段时间我靠它陪伴着，也靠它支撑着！我不愿意他人替我代劳，也不想别人跟我分享，书完之日，成书固好，不成的话也可留作纪念，我愿意与你同在。

你的妻子　淑珍

二〇一六年九月

新泽西州

## ●第1封信:
## ○春晖园生日祭祀

彬:

二○一七年农历二月二十一是你八十五岁的生日,也是你走后第一次自己过的生日,你一定非常不习惯吧?人生无常。去年你生日那天,崇尹带着小儿子定衡从西岸过来,美璇也从德国赶来。他们的到来,当然是想跟我们相聚,最主要的目的还是想大家一起给你庆祝生日。那时你的胃口虽已不太好,但仍是非常兴奋,因为你是属于传统大家庭式的人,喜欢亲人团聚一起的感觉,尤其在特别的日子里。

六十年的相处,你的心意我是非常明了的,怎料一年后,你却要独自一人在春晖园孤单地度过生日了,一向怕孤单也怕寂寞的你,思家的情绪一定不好受,也很挂念我们吧?我想,在你生日那天,你一定很期待地早早在墓前等着我们了!

那天刚好是星期六,崇修放假,可以开车送我们到春晖园见你了。我一早做好了你最爱吃的干煎大虾,也准备了香煎马鲛鱼、甜品及奶茶,还带了一大堆早折好的金银衣纸……

你是否收到,是否有用?虽然你在生时是不相信这烧衣纸的事,认为是迷信,所以家中拜祭祖先时亦只是准备祭品及香烛供奉,借以聊表心意,是没有烧金银衣纸这类事的。虽是如此,但我仍然准备了一些烧给你,万一真像传说中确有其事的话,或真的有用。你在人生路不熟的地方,也多点金钱使用,不像在一九七九年休假去英国的那年，手上没一点多余的钱，买什么都要仔细盘算过才敢用，那样的日子多难过。如果这样做真的有用，我也可安心一些。太多了，你亦可送给远方的父母及先人使用，让他们都富有起来。

早两天，新泽西州刚下了今年最大的一场雪，那天早上仍不断地落着毛毛细细的雪，我们一家未到中午便到了春晖园墓地——那处你自己亲自拣选作为日后长眠安息的地方。大雪过后，这里遍地都是白茫茫厚厚平滑的积雪，因不是清明节扫墓的时候，加上天气寒冷，很少有人在此时来拜祭先人，此刻的墓地更觉一片凄凉、萧瑟、寂寞。因冬、春二季不时下着大雪，所以你虽走了半年多，但墓碑仍没有奠立，墓前还是竖立着临时刻着你名字的木板。待天气好转，稍后"五福"自会依约来替你做好，崇修早交了钱给"五福"，一切都是依你最后的嘱咐来处理，你放心好了。

皑皑遍地的积雪，放置祭品甚为不易，幸而我们带了李旭昂送的矮桌子作为祭台，这样便可以把所有带来的祭品都放上了。定仁和圆元很乖地向你附近的公公、婆婆、叔叔、婶婶墓前上香，跟他们打招呼问好。你看见了吗？在你的后面，亦新安葬了一位你的同乡，你有同乡跟你说家乡话了。

除了给你带来你喜爱的祭品外，璇璇还托蔚青购买了可焚点七日的瓶装大蜡烛，供奉在你墓前，希望大风雪不要把烛火吹熄，也在这寒冷的天气带给你一丝丝温暖。

我会忍不住想，在那冰冷的雪地下，你虽盖着女儿送给你的两床蓝色和绿色棉被，还是会很冷的。不要怕，寒冷的季节很快

●记得去年你生日那天，崇尹带着小儿子定衡从西岸过来，美璇也从德国赶来。他们的到来，当然是想跟我们相聚，最主要的目的还是想大家一起给你庆祝生日。

　●二〇一七年农历二月二十一，是你八十五岁的生日。一大清早，预备了丰富的祭品和纸钱与儿孙们前往拜祭。在焚烧纸钱时，也把我思念你的心情写成信，一封一封地在焚烧时传送给你看。

就会过去了，温暖的夏天就快来临，一切又充满生机了。

　　我想，你是很想让我经常来探望你的，那样你便可减少寂寞，我也很挂念着你啊！谁叫我不会开车，如果我自己会开车的话，那我自己随时都可以来了。真希望你的墓地能安放在我窗前的树下，那我就能随时随地见到你了。现在只能在焚烧纸钱时把我思念你的心情写成信，一封一封的信，焚烧传送给你看，借此也让你知道，当你走后，我的日常生活是怎样过的。你一定不会厌烦，也会细心看我写给你的每一封信。我记得你曾说过，一九七八年你在英国休假时，我寄给你的信每一封你都会看多次，是吗？之后，我一定会陆续不断地写信给你，这样也可稍解你的寂寞、记挂和思念了！

　　彬，记着，我不能像以前那样在你身边照顾你了，你要好好照顾自己，多多保重，不要随便乱发脾气了，要与邻居和睦相处，大家互相照应，这样日子便易过得多了。很期望梦中经常能与我相见！

　　下次再聊。祝生日快乐！这一封信是我送给你的生日礼物。

淑珍
二〇一七年农历二月二十二日晚（**你生日翌日**）

## ●第 2 封信
## ○你走的那天

彬：

二〇一六年九月九日，是一个令我刻骨铭心、伤心难过的日子，你竟然真的走了。同一情况又令我回忆起，那天你又像我母亲离世时一样，突然把我遗弃，一个无依的"孤儿"多无助！我真的很害怕。而今，你把我一人寂寞地遗留在那寒冷异地，不顾而去了，令我更觉伤感及彷徨，但愿这只是一场噩梦。

记得我们从香港回到美国的前两天，你虽是很辛苦，但不愿再入香港的医院治疗，你感觉到这次入院后就不会再出来，儿女虽都在身旁，而你却坚持要回美国。翌日，看完医生，医生并没有要你住院，也再没有给你化疗，只是开了些药，要你回家好好休息。食了药后，你真的咳嗽减少，亦再无呕吐，那天你宁静地睡了大半日，我还以为你休息过后渐会好转，怎料事与愿违，唉！正如你说，你真的到了油尽灯枯的时候，身体已无力支撑了，又或许你已再无任何要求，放下心事，安心地睡了，你只在生命仅存的最后一刻，终于用力张开眼睛，深深注视了坐在床边哭成泪人的妻子一会儿，也没有与我交代一句话就走了，再也不回来了！你，竟然如此狠心地把我留下。

彬，你知道我是多么不习惯在外国生活，虽然以前女儿及媳妇生孩子时，我经常一人前往德国、英国、美国等地居住，照顾她们，但我自己知道，我一向都不投入外国生活的。我虽不是废人，但无异像废人一般活着，又盲又聋又哑，不会开车，出外极不方便，我不愿意像废人似的生活着，为了顺应你晚年想跟儿子在一起，我才离开生活了数十年的地方——香港。

香港是我懂事以来便生活的地方，我视它如第一家乡，虽然后期我们迁居澳门，香港与澳门两地的生活也相差不远，在澳门居住了近二十年的时间，我也习惯了。后期却因我不断生病，怕以后终会有一日留下你一个人在澳门孤独地过日子，我真的不忍心，而你也答应我会与我一同在美国厮守终老，我才会跟你移居美国，跟儿子居住。现在你竟然不信守诺言，把我一人留下，你多残忍。你叫我以后的日子怎么过？你叫我怎能不怨你、骂你？

之后，日子我还是一样寂寞地度过，心境总觉得孤单单、冷冰冰，什么也提不起兴趣，外界的事全不投入，感觉所有事都与我无关。你说怎么办？你教我如何是好？我应怎样做才对？

你可有为我想过？老公，不要怪我，我骂得你那么凶，真不该，请你原谅。我只是心中不舒服，吐吐苦水，把我积于心中的郁结向你倾诉一下而已。我知道，你在这次罹患恶疾中是不愿意离开我的，所以你非常合作地依时去看医生，接受医疗中的一切安排。其实哪有人会喜欢去医院，会喜欢看医生，会喜欢接受化疗？你只是想保持病情平稳，能多陪伴我些日子而已。

那段时间，在有效医疗及崇修的悉心照顾下，你也能对疾病处之泰然，从而多陪了我两年，谢谢你了。

直至二〇一六年年中，药物治疗已控制不住癌疾了，胃癌细胞已扩散至胸腹，导致腹胸大量积水，而且吞食困难，吞食之后，往往也是吐之而后快。胃癌、肾衰竭、钾高、糖尿，更怕钾高会影响心脏，诸种病况，环环相扣下，这段日子时间虽是短暂，但你是很辛苦的。我在旁看到，也替你难过，为你心疼。你已是尽力了，你已是无力支撑了，虽不信守诺言离开我，但我是不会怪你的。从你走时眼角停留着的泪水、注视着我的眼神，我知道你是想对我说："珍，我支撑不住了，我要走了，原谅我。"其实你的心是不愿意离开我的，也是很难过的，是吗？那你得在春晖园墓园中，好好地等我了。

有段时间我静下心来会想，你九月九日下午走的时候若是身在医院，医务人员会在你危急时进行急救，是否可避过此劫难而继续生存下去？又是否医生早已心中有数，也认为你已经无可医治，故主张你在家养病，在家人陪伴和照料下，你会觉得更为舒心地度过余下的日子？后来崇修才对我说："爸爸在最后一次去医院看病时已明确向医生表示，说他病危时不要对他急救，所以医生才下了让他回家休息、不停留在医院诊治的决定。"彬，你真聪明！你知道纵使给你急救后或能苟活一时，之后在不能进食的日子当中你会活得很痛苦。你看过孙国栋先生的晚期病中状况，你觉得很难过，也为他伤心过。你曾说过，像他那种状况，你很惧怕，你不愿意像他那样，你怕晚期病患的折磨你会支持不住，更怕自己在不能自主时没有尊严，很痛苦地过着那些难受的日子，这样只会令家人心疼而于事无补。

最后，你自己选择了在病中有尊严、无痛苦地走了！这可是你自己选择的路啊！老公，你这种说留便留、说走便走的本领多棒啊！我也真佩服你，你得教教我怎样做。我现在什么也不冀求了，只求日后像你一样有尊严，自己仍会照顾自己，切不要让儿子受累，不要让我历经病痛的种种折磨，能潇潇洒洒、很有尊严地来与你相会，那就最好。但愿如此！你得帮帮我、保佑保佑我了。

你知道吗？我有时真的很羡慕你，你真是一个有福气的人。虽然你说自己幼时在动荡政局生活下几成饿殍，但一直在有父母、兄弟的幸福家庭环境中长大，有母亲在身旁照料，而婚后家中事务更有我全职处理，悉心照顾着你的一切，使你毫无后顾之忧地专心读书及工作。更幸运的是得到了名师们诸般教导、爱护，使你能找寻到一份自己惬意、终生喜爱的事业而赖以为生，这是多么难得的事啊！还有，虽然你已退休离开讲坛多年，但学生们对你仍是如此关怀，无微不至，不离不弃地帮助你、关心你、爱护你，这真是你修来的福分啊！

你人生中认为的数大乐事：父母扶持、家庭美满、师尊厚爱、事业有成、儿女孝顺、学生爱戴、孙儿睿智……你都一一得到了，难怪你自言此生无憾了！你真有福啊，我真羡慕你。难怪老同学唐端正先生在你的追思会致悼词时说："谁若能像你有如此丰盛美好的人生，相信任何人亦都会感到十分满意了！"想来，他是由衷地羡慕你哟！好了，下次再聊吧！我以后会继续不断地写信给你的，告诉你我的一切一切……你安心地等着我吧！祝好！

**淑珍**
**二〇一七年四月一日（回忆中）**
**新泽西州**

# ● 第 3 封信
## ○ 丧礼

彬：

二〇一六年九月十六日是你在美国纽约市五福殡仪馆举行丧礼及前往春晖园安葬的大日子。那两处地方，你都亲自看过两遍了，从选择安葬地方，至身故后的棺椁、墓碑、衣着、随身物品……都是你自己亲自拣选，所有的事，都是依照你的嘱咐一一妥善地做了。

还有，我告诉你，你的葬殓费用全部都是儿子他们支出的，"生养、死葬"，是儿子对父亲的一番心意回馈，我想你会乐意接受而觉得惬意的。你是一个思想上传统保守的人，以往你对父母是这样，而今儿子也学你这样了，我想，你的心愿也是这样吧，当安息了！

记得我们回美国的前一天，你身体已觉得支持不住，病况突然再严重起来，可能钾太高了，致心脏负荷不了，你感到呼吸困难，而且还发着高烧，我认为你应该再入院了，但你这次却坚持不肯接受，你怕这次入院再不会出院。我也安慰你、劝解你，对你说万一真的在香港病故，亦有妻子、儿女、儿媳、孙儿围绕在身旁，况且亲朋、好友、学生大多居住在香港，丧礼一定较美国隆重，但你仍坚持着不肯去。你说你不想火化，你要回美国土葬，我们看得心也疼了，也替你难过。在这生死边缘，神奇的是在你的坚持下病况居然稳定下来，也没有再发高烧。

之后两天，顺利回到美国，所有人都替你松一口气，也以为你回家休养过后身体自会慢慢好转。谁料不到两日，你就再也支撑不下去了，也再没有与我交代一句就走了！

走前虽没有与我说什么，但从你走后眼角边仍淌着的泪水我知道，那一刻你是很挂着我的，是不舍得离开我的。

彬，你坚持要回到美国土葬，可不像你一向随遇而安客家人的本色，虽然你自认是一个豁达之人，我想，你也不愿意自己客死异乡（香港是你的第二家乡），香港正好是你的安息地。也不是害怕什么火化，火化又有什么可怕？人一走，只是留下一个肉身躯壳，什么也没有了，还有什么放不下？为什么垂死挣扎着仍要回到美国，那么辛苦？你的心意我是明了的，主要是你放不下身边一个令你挂心、一个你不能陪伴她终老的人——最爱的妻子！你最担心，也不放心，恐怕你一旦走后我在异地住不惯，真的会回港独居。也因如此，你坚持着要回美国，以那里作为你最后的归宿地，也好让我安心地跟随着你和儿子在美国生活，我也早早地给你安排在春晖园的墓地里了。放心吧！到那个时候，我一定会到那里陪你的！

这点从二〇一五年遗书中你嘱咐把所有余下财产全部留给我的时候便应该知道，当时我建议，在你有生之年，把我们一半的款项，用你的名义成立一个"中文大学新亚书院历史学系奖学金"，这是极有意义的事。我想，当日若没有新亚书院，新亚夜校亦不会存在，更不会有你我两人的邂逅。此举除了替你回馈感谢母校之余，其实暗中我已向你表示在美国长伴你了。你想想，钱没有了，余下那么少的金钱，在香港根本买不到房子居住，教我如何回港

●无论你在任何一个地方、任何一个角落，虽是阴阳相隔，或是天上人间，你都不会感到寂寞、孤独、凄凉的。我的心，永远与你同在！

●众子女、儿媳、女婿和内外儿孙等，一同出席春晖园的丧礼。

独居？而且我要求的是两人一同回港，若我一人回去，每日只是游游荡荡的，还是一样寂寞、一样孤独、一样住不惯，那又有何用？又有什么意思？只是笨笨的你，总没有领会我的心意，替我着急、担心而已。由此可证，你只是一个纯朴、厚实，但心思却不如我般细腻的人。

话说回来，你葬殓那天，来五福殡仪馆参加丧礼的亲友当然没有在香港多，但一切仪式也依俗例做了。你曾对我表示过，灵堂上亲友送来的花圈，摆放一阵便丢弃真可惜，也很浪费，认为并不需要。所以，你走后我代你出主意，提议恳辞花圈，若有帛金奠仪赐予，替你多设一个五十万港元的"新亚书院历史系奖学金"，不足的数目我会补上，我想你一定会同意。设立这样一个奖学金，应早已是你的意愿吧！这样较摆放花圈有意义得多了。亲友、同学们也真有心，帛仪厚送，集腋成裘下，筹集资金竟超过半数。

崇尹、美璇二人由香港刚回家，也随即匆忙转来美国，女婿"来路虾"虽然是一个德国人，难得对你竟然如此有感情，诚意由德国跟美璇亲自赶来参加你的丧礼，可说非常有心。

那天参加你丧礼的人数虽不算多，能来的都来了，除至亲的家人外，亦有附近居住的亲友。他们都请假，特意来五福向你上香致奠，及亲送你至春晖园的最后一程。美璐刚回苏格兰，真的太累了，赶不及到来，那天她在家中亦安放着你的遗照，一家人都向你遥遥地拜祭了。

你在《七十杂忆——从香港沦陷到新亚书院的岁月》一书中，写你一九七九年在英国休假，新年元旦，身处茫茫雪地中，只有你一人孤独地在偌大的花园中行走。天气寒冷，在一片寂静中，只感觉心中无限寂寞、孤独、凄凉，尤其在节日里，想起以往历年在家，每逢节日家中种种温馨，更添思念家人情怀，只能在雪地上写上妻儿名字，聊作与家人同在，以稍解思家之念。可见，你真的不习惯孤独，怕寂寞，家庭观念也很重，所以我和你一向喜欢一家人团聚在一起的那种感觉。以前父母在的时候，你不管兄弟们乐不乐意，也着意令他们到家中热闹热闹，务求令双亲年老时一家人仍得温馨团聚，你的心意我是最明白的。

我们时刻都会怀念着你、记挂着你的。记着："无论你在任何一个地方，任何一个角落，虽是阴阳相隔，或是天上人间，你都不会感到寂寞、孤独、凄凉的！我的心，永远与你同在！"老公，好好安息吧！

**永远怀念着你的妻子　淑珍**
**二〇一七年四月八日**

## ●第4封信
## ○衣冠冢

彬：

我很挂念你！这种苦涩心情，只能引用宋代诗人晏殊的《玉楼春·春恨》词句："无情不似多情苦，一寸还成千万缕。天涯地角有穷时，只有相思无尽处！"多苦啊！

我与春晖园虽同处美国一个州，说远不远，但我若要来见你，没有儿子驾车往返总不成啊，我自己又不会开车，根本不能步行前来见你。修仔他们工作太忙，总不能每有假日便要他开车送我，他们虽不嫌烦，我亦感到长此下去也不是办法。

我想，你一定也会记挂着我吧？因何梦中总不见你来？许是人生路不熟的异地，你不认得回家路？我记得，以前儿子载你出外，稍远，你经常会说，若把你在那处放下，你是认不得路回家的，现在是否也是这样？

想起你独自一人，每天孤单地盼望着我的时候，日子是多么难过。我记得，你在英国休假时来信说，每天早餐时看见有送信的邮差从门前经过，你都期盼着收到我的来信，若不见邮差入门，便会非常失落和牵挂。你说游子在外的思家心情，那种孤独、寂寞的日子非常难受。今日，我俩怀念的心情也是这样吧？

彬，我曾希望你能安息在我房子窗前的花园树下，这样我俩就可时刻见面了。

现在我告诉你，我真的这样做了！

在不影响别人的情况下，我真的为你在那设立了一座衣冠冢。我思量了很久很久，也分析过这样做是否有用、是否适当，也不管别人怎么想。既然很多历史上的人物在各处都有被后人设立衣冠冢这回事，虽是衣冠冢，但极具追思意义，且各处亦都有人去拜祭它、去悼念它，我这样做，亦是效法他们而已。实际作用，只是代表我心灵上的一种慰藉，感情上的一种抒发。

刚巧，这几天是复活节假期，崇修一家去英国旅游一个星期，我没跟他们一道去，心中只默默地盘算着如何完成这件事。在他们出门旅行那天，我吩咐崇修买了一盆户外种植的玫瑰花，好代表他送给你的心意。我想亲自为你打造这个衣冠冢，崇修是不知道的。若他知道，一定不会同意我一个人这样辛苦，所以也就没有预先告诉他。

我拣选了一个漂亮的小木箱子，里面放着你在冬天经常戴着的帽子、手套及我亲手编织的颈巾，也有数张你最喜欢的照片及一封我写的信。简单地在木箱盖面贴上你的名字，这就是你的棺椁了。我想，形式上实用得多，也较有意义，这样总较一个木制灵牌像样些吧！

彬，在花园里，我代你选择了一处你很熟悉的地方，就是我们窗前后花园那两株大树中间的那片土壤，作为你的临时衣冠冢之地。这样我俩便可朝夕在园中遥遥相对了，在那树影婆娑、清风徐来、摇曳生姿的园林下，迎来第一线晨光，何等温暖；傍晚时分，更可看到夕阳斜照，浮现着一片片缤纷色彩，彩霞满天的日落余晖景色，好美的景致啊！在那熟悉的后花园烧烤园子里，你可不愁寂寞了。

　　●亲选漂亮小木箱，里面放着你在冬天经常戴着的帽子、手套及我亲手编织的颈巾，也有数张你最喜欢的照片及一封我写的信。简单地在木箱盖面贴上你的名字，这就是你的棺椁了。

我选择了四月十四日，适合祭祀、修坟、涂泥的吉日，把已预备好的棺椁面朝西方放在泥土中。这个小小的"墓穴"，是我花了三日时间，早上分段慢慢挖掘完成。我不想让儿子代劳，我只想把我对你的思念、我的泪水一滴一滴地混合着泥土，一寸一寸地把地上泥土挖掘起来，也希望你魂兮有知，能感受到我的心意前来与我相会。不要担心，你不会迷路，我已焚香礼拜，诚意祈请"土地公公"从春晖园带领你到这里来，所以，你一定畅通无阻。

我不会在你的衣冠冢旁立碑纪念，怕引来邻居的不满，也教人害怕，只是形式上在四周种植了修仔买回家的花，是一盆很香的白玫瑰。你一向爱玫瑰花，我想你一定会喜欢，那是我俩设定的维系记号，你一定会同意，赞我做得很棒吧。

此后，在这小小的衣冠冢陪伴下，我恍若亲自到春晖园见你了，当然，我还是希望真的到春晖园见你的，那里才是我俩约定未来真正的家。到我与你重叙之日，我想这衣冠冢也不需要了。

下次再聊吧！

**想你的妻子　淑珍**
**二〇一七年四月十五日（立衣冠冢翌日）**
**新泽西州**

## ●第5封信
## ○追思会有感

彬：

复活节假期，修仔一家去英国伦敦、牛津八天的旅游已结束了，昨夜他已带着仁仔和圆元回家，媳妇小波由伦敦机场直接飞往旧金山，准备罗氏药厂开会的事宜。

他们这次旅游行程紧密，最后一程是去牛津，圆元希望去牛津大学参观她父母在英国读书的学校，小小年纪懂事也真多。崇修说到牛津是特意去探望杜德桥太太杜伯母，他说杜伯母心情颇为低落，杜伯伯三月前也因罹患脑癌走了，因病况发生得太突然，很多事都来不及处理就已离世，因而有很多感慨。

人生无常，生老病死，人所难免，亦无可奈何！想起去年九月你走后，他们夫妇亦非常有心地相赠奠仪帛金，赞助你筹款作为奖学金之用。不久，旋即传来一个坏消息，说发现他患了脑癌，之后脑衰退得很快，转眼间什么也记不清楚，身体亦急速转坏，只两个月时间，新年刚过他就逝世了。

彬，你们两人说来真令人感慨，你一生好食，最后的一段日子，却因患胃癌食之无味而厌食；而杜先生是一个勤敏好学、擅长各地方言、一辈子都偏重思考的人，却因患脑癌离世时什么都记不得。你说，这是否很滑稽，可叹人生就是如此吧！多无奈啊！我想，现今你俩身处异域，不同空间，时空不受限制，应能见面吧？

●崇修拜访英国的杜伯母罗凤阳，并送上纪念父亲的追思集，想不到这本追思集竟引起她极大感触。

蘇慶彬教授追思集

蘇慶彬教授追思會籌備委員會 編

寒窗雜感——追思會

慶彬吾兄千古

世能幾士傳身教
我只無言送子行

辛建行拜輓

慶彬教授十古

古道皇皇厚德載物
春風藹藹新民無聲

香港中文大學歷史系教職

左）二〇一六中大歷史系輓蘇慶彬教授教授輓聯
右）二〇一六郵建行教授懷蘇慶彬教授民教輓

●虽离开讲坛多年，仍有不少学生不离不弃地关心和爱护你，事事毫不推辞地帮助你，百忙中仍为你筹备了追思会及出钱编印了追思集。难怪罗凤阳在同一情境下，见《苏庆彬教授追思集》有如此深刻的感叹！

现在，我每日不停地翻看你在英国那年寄回家的书信，信中你经常写杜先生夫妇对你的关心，生活上所有事情多亏他们着意帮忙，使你孤身一人在外域却不致手足无措。更多次劳烦他驾车载你替美璐各处找学校，一起参详，以及研究适合美璐的选择，如此心意，你是非常感谢他的。这位重情重义的异国朋友，多难得啊！

他虽是英国人，但思想极中国化，你多次说这朋友十分难得。所以一直以来，我们大家虽身居两地，也经常会见面。他们夫妇二人，在新亚书院读书时相识，不久之后便结为夫妇，数十年居住于英国，相偎相依，形影不离，颇为恩爱，一旦一方撒手远去，凤阳自多有不惯，不免多有伤感。

崇修这次去探访她，除了代我送她一本《珍收百味集》及手织的毛颈巾外，还带了一本你的《苏庆彬教授追思集》册子及一月份的《新亚生活》给她，里面记载着你的追思会当日情况。

想不到，她看了这本追思集后却引起极大感触。感觉到丈夫一辈子在牛津大学任教职，尽心尽力地为学校服务，也是一个身居要职的高级教授，但他身故后，学校却一点表示也没有。丧礼日，只有自己一家人在家安排的悼念仪式。连平日相熟的校中某人，本承诺来致悼词的朋友也推辞而没有来，与你集子中记载的校中追思会情况相比，不禁感觉两地人情冷暖、厚薄，真有天渊之别！

"人走茶凉"，自古皆然，又能怎样？一旦想通后，心情自可放下，若仍耿耿于怀，徒增苦恼而已，何必！只是她心情郁结，一时尚难放下。往往更常会触景伤情而惆怅，她始终是一个中国人，或许这就是中外文化思想、感情上的差别，表达方式亦因而有异。

彬，你是一个极重感情的人，对身边的每一个人都是推己及人地诚意对待，往往义不容辞地主动帮助他们。纵使偶有人误解你，你生一会儿气，依然故我地去做，这点我是最明白你的，也很欣赏。正因如此，别人自会感受到你的诚意，相应地也会如此对待你。这种回应是极为难得而值得珍惜的。

当然，你为别人付出，绝不会斤斤计较于是否有回报，只是尽心尽力做好自己应该做的事。或许你认为这些是自己应尽的责任，只要自己问心无愧，便会毫不犹豫地去做，偶有所得，便会非常高兴。

"人走茶凉"大多数都是如此，也不是什么大事，正如钱师母当时在台湾，独自一人编辑钱老师文集时，也只淡淡地说："各人都有自己的事要忙，只能自己动手做了。"说得多么洒脱！

你真的很幸运，虽离开讲坛多年，但无论我们居住在何处，仍有那么多学生不离不弃地关心你、爱护你，事事毫不推辞地帮助你。这一次，同学们更因不能前来美国参加你的丧礼深以为憾，在百忙中仍为你筹备了追思会，出钱编印了追思集……料想，筹划过程亦甚为繁复，花了不少时间，他们只希望能筹备一个合适的场合，让在港的亲戚、朋友、同学方便前来向你追思悼念。他们不辞辛劳、深厚情谊真令人感动。难怪凤阳在同一情境下，见《苏庆彬教授追思集》有如此深刻的感叹！

老公，我真的很羡慕你，只能再一次对你说："你真幸运！"在世上能像你那样，同时拥有那么多称心、如意、无憾的事，而

●杜先生虽是英国人，但思想极中国化，你多次说这朋友十分难得。所以一直以来，我们大家虽身居两地，也经常会见面。

走后尚享有如此待遇，受到别人赞颂的人，真的很少见，而你竟修到——都得到了！如此惬意的人生，是多么难得，也是多么幸福。就此搁笔，下次再聊吧，祝好！

淑珍
二〇一七年四月十七日
新泽西州

## ●第6封信
### ○情诗一则

彬：

这些日子，我看了一首元朝书法家赵孟頫的妻子管道升写的《我侬词》，可说是一首传世不朽的情诗："你侬我侬，忒煞情多，情多处，热如火。把一块泥，捻一个你，塑一个我，将咱两个，一齐打破，用水调和。再捻一个你，再塑一个我。我泥中有你，你泥中有我，我与你生同一个衾，死同一个椁。"我试译为："我们彼此深爱着对方，虽然原是不同性格的两个人，但浓浓厚厚的爱意如火一般，把你我两人一起融化了，也合成了心意相通的另外两个人，从此你我永远也不分开，永远地我爱着你，你也爱着我，生则同衾，死则同穴，同生共死地永远在一起，永远永远！"彬，你觉得我的翻译文意可对？原文浓浓情意那么耐人寻味，浅白得却那么令人感动！

据说此词是管氏回应丈夫欲纳妾而作，当时年已五十岁的赵孟頫，欲效仿元初名士纳妾，他作了一首小词向妻子试探："我为学士，你做夫人，岂不闻陶学士有桃叶桃根，苏学士有朝云暮云。我便多娶几个吴姬越女，何过分？你年纪已过四旬，只管占住玉堂春。"好一个管道升，得知丈夫意图后，并没有哭闹或正面阻止，只写下这首《我侬词》以做回应，赵孟頫看罢妻子写给自己的情诗后深受感动，从此再也没有纳妾的念头。由此可见中国文学是多么令人着迷，也多么易于深入人心。

虽然全篇词中全不提一个爱字，却处处显示着她对丈夫深切浓厚的爱意，这种柔若无骨的爱，把二人缠绕在一起，是多么刻骨铭心！恩爱得多么令人羡慕！这词，真不愧是中国流传千古的情诗。

此前，不自量力地也写下一篇随笔《夫妻相处之道》，其实文意内容也跟《我侬词》差不多，自己初看也觉颇为惬意。现相比之下，文意虽略有相同之处，但总给人一种一板一眼说教之感，而缺乏像管氏写的那种透入内心深处的情意，一股柔如千丝万缕、依恋不舍的夫妇刻骨感情，看来自己写的意境总觉硬邦邦的，相形见绌了。

我想，写文章如是，写文章的人性格也许亦如是。我不否认，在别人眼中我可算是一个尽责的媳妇、妻子、母亲，而我一向做人的方针及处事态度也是一板一眼的，很执着，不易改变。现在静下心来细思量，检讨以往，方觉女子太刚强好胜亦非好事，往往更是自讨苦吃，也累得很啊！真觉得有点后悔。想我出生后生活孤苦，自小便养成独立性格，往往自以为是，不容易接受别人意见，令我走向硬邦邦与缺少温柔的一面。你常取笑我说："幸亏你不是做'政府高官'的人，否则死的人多了。"我细品这首温柔、婉转情诗之后，对你的态度真的要重新思考，究竟怎样做才算适当。是我以往硬邦邦的好，还是像赵孟頫夫人温柔婉约的好？同是向对方表达爱意，同是说一件事，但写出来或说出来效果可不一样了，真值得想想。

例如，你对侄辈的关心如自己的子女，善意教导他们，却适得其反，还惹来他们的不满，你自己也因此生气。我不懂得开解你，却一本正经地劝你不要理会他们，怎知更惹得你气恼了，认为连我也不懂谅解你。其实你的心意我怎会不明白，我只是心疼你，怕你继续生气而伤及身体，事实上他们亦不会接受你的意见，何苦！我只是不想在你情绪波动的时候更附和着增加你的烦恼而已，但恰恰被你误解了。当然，对于我的劝喻，你也不会接受。

或许，我能转用另一种温柔体贴的方式慢慢地劝说你，平复你的激动不安情绪后，我说的话你自然会易于接受。彬，告诉我，你当时的感觉是否如此？这个方式是否更为有效？若能再开始……可惜，时不我与矣，我俩再没有这个日子了，真是悔之晚矣！

不着边际的题外话说了一大堆，目的只是想说明，夫妻间的相处之道，怎样才能达到和谐一致？应以何种方式为佳？鉴于上述方式，虽同是一种善意关怀的心情，同是处理一件事，但结果却是相差很远！

彬，也许是时机不就，也许我俩情缘就是如此，我看管道升之词为时已晚，若是早些年能看到，我不会像以往那样不解风情、一本正经地对你了。其实要改变并不难，处事前只要推己及人地多为对方想想，再设身处地地细思一下，想亦不难。偶尔跟你撒撒娇，这样是否会更爱我、更喜欢我？我俩的生活是否更开心？老公，你说是吗？而我也不会留下今日的"遗憾"！

我俩都是思想较为保守的人，一般较肉麻的话都不会随意说出口。结婚数十年，"我爱你"这三个字从没有在双方口中说出过，也不明白这三个字多么简单，说说便可把自己心意表达出来了，怎的说来这么难？可能我俩的爱是含蓄的，是藏于内心深处，并不是三言两语便能说出，其实，"爱"是不需要经常说出口，是藏于心底、可以用实际行动来表达的。

　　一个幸福美满的家庭，是夫妻二人尽心尽力用心经营的。做妻子的固然希望能得到丈夫一辈子的体贴入微、爱护备至、如珠如宝的守护，希望他是一个忠诚尽责的好丈夫。做丈夫的又怎么想？当然也希望妻子能将心比心，体谅他们外出工作时担子不轻，或工作不如意时，总希望回家后能轻松一些，有一个温馨幸福的家，及有一个温柔、体贴、关怀自己的妻子做伴。所以，当妻子的偶尔向丈夫撒撒娇，那又何妨？我这样说，你可羡慕吧？可惜我以前全没想到，真后悔。

　　天气已转暖了，春晖园一带的花草树木又欣欣向荣了，你可到衣冠冢花园中走走，也就不用寂寞了！

　　下次再聊吧！祝好！

**想你的妻子　淑珍**
**二〇一七年四月二十一日**
**新泽西州**

## ●第 7 封信
## ○遗稿

彬：

你走后，我仔细地检查你在 iPad 上写的文稿，这些都是未完成的遗留稿件，内容各有不同，我把它略作分类，竟可分为四五类之多：有论曾公国藩的家书与为人，有想留给美璐作插图的"香港战前街档，各类行业式微与发展"的初写稿，有收集了很多家族人的资料，预作重新修写《苏氏族谱》及继《七十杂忆——从香港沦陷到新亚书院的岁月》一书之后再写了多篇，有记载诸位好友的悼念文章。我想，若能假以时日，很多亲友都被你书写在笔下了，真不知老之将至，更遑论身罹恶疾，不知你书写之时，有否想过诸事能否完成？彬，你走得可潇洒了，却留下了一大堆未完成的稿件，你拟留给美璐插图的初写稿及重修《苏氏族谱》之稿件，只能留给美璐及崇尹兄弟，这得要看他们有没有兴趣继续做。儿女各有各忙，也不能强求他们，成事与否，得看日后机缘了！

彬，告诉你一件令你很高兴的事，就是你遗留下"从曾国藩家书略论其为人"的收集资料，我已全部交与范家伟了，他毫不犹豫地答允日后替你再续完成，你不用再记挂了！幸有可托付的人，真是十分难得的事，你可以放心了。

这些数据，我知道是你近年花了很多时间及精力从多本曾国藩文集及书信中一一收集的，是你病中后期仍念念不忘的事，到最后你自觉心力交瘁，无能为力了，只得"封存"起来。从一束束注上数字的卡片的文件封套上面"撰写曾国藩文——未就稿"这几个字来推想，可见你收藏起它之时，心情是有多不舍！也不知可托付给何人，故只能束之高阁而收藏起来，想及此，我心也不禁戚戚然！

这类文章实属一项专门学术研究，更非任何人能代劳，家中各人自感力有不逮，无以为继，但想及你花了那么多时间而搜集的数据，对此当有所思、所想，对后人亦必有所裨益，一旦储存收藏，无以为继下，多时心血等如弃掉，心实属不忍，想亦非你所愿。你以前也屡向我称赞家伟人品敦厚朴实，写文章稳重扎实，是不可多得之研究学术人才。有幸的是，他竟不怕辛劳许诺代你日后完成，只是怕太花费他的时间替你继续书写。我想，你此前宁愿把"未就稿"收藏起来，也不愿随意透露他们知，亦是顾虑及此吧？所以，我向家伟建议，说此稿可作为他日后撰写的一篇学术论文处理，这提议我认为你定会默许而无异议的。不过，他回邮却不赞成，执意书成之日，撰者一定要冠上老师之名。这得待日后适当时候，我再劝劝他了，起码二人之名亦得同时冠上。

最后一栏，就是你随意书写，以居住环境为经，以时间顺序为纬的"雪泥鸿爪"。从各篇书写章节看，后半部分是我们结婚后生活的点点滴滴，过程中所有的事，也是我最清楚的，我不想假手于人，所以，你这些一段段的稿件，每一章、每一章我都代你连接起来，和着泪水把你的每一个字、每一个字重新抄写在我的稿件档案里。

这段日子，我靠你的遗稿支撑着、陪伴着，熟悉的文句在眼

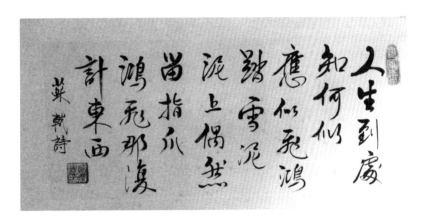

人生到處
知何似
應似飛鴻
踏雪泥
泥上偶然
留指爪
鴻飛那復
計東西

東坡詩

●你最喜欢写的苏东坡诗句，我选用了《飞鸿踏雪泥》来作为你新书的书名。

前跳跃着，像跟我说话，也像一句句在我耳边呢喃。消逝了的时光，仿佛又重新回到眼前，感觉你仍是与我同在。

彬，你遗留下本拟定名为"雪泥鸿爪"的稿件日后能否成书，亦等待机缘了。

因唐端正先生刚出版了一本名为《雪泥鸿爪》的书送给你，为免混淆，我转用了《飞鸿踏雪泥》之书名，此句出自东坡诗，也是你最喜欢写的诗句：

"人生到处知何似，应似飞鸿踏雪泥。泥上偶然留指爪，鸿飞那复计东西。"多像你的写照，想你也同意吧？

不多写了，就此搁笔，下次再聊吧，祝好！

**淑珍补**
**二〇一七年四月二十八日**
**新泽西州**

## ●第 8 封信
### ○居港两月的足迹回顾

## 一　追思会中之追寻

彬：

　　这封信在二〇一六年年底，从香港回美国时便想写给你看了，因有其他事情要处理，故搁置至现在。又因此信记叙事情太多，真的"一信难尽"，现在我把它分成三封书函，分别详细地告诉你，十月至十二月，在香港这段时间我去了什么地方，其间又做了些什么事。

　　二〇一六年十月底我又去香港了，其间崇修和美璐在开追思会之前也赶来香港。这次回香港主要目的是参与同学们为你在中大筹办的追思会，及十二月参加蔡澜先生跟美璐预备在广州和澳门开的画展。这段时间我去了很多地方，也会见了不少相识的或不相识的朋友，详细情形，待我慢慢写信告诉你吧。

　　彬，你走后这段时间，亲家母很贴心地来美国帮忙，我可以毫无牵挂地停留香港两个月，居住在亲家母将军澳坑口家里。沿着地铁的居所，有地铁的站标指示，到每一处地方都很方便。这两个月我熟悉得自己可以搭乘港铁到处走了，可以说是我这几年回香港出外走动得最多的一次。

　　我提早一人回香港，主要是想多有一些时间，一个人静静地再到我曾经居住过的地方怀旧，从儿时居住在外婆家的大角咀、深水埗长沙湾钦州街故居一带地方，桂林街新亚书院旧址那里我也去了两遍，那是我们邂逅的地方。还有我们结婚后一连串居住过的地方：油麻地"公众四方街"（现已改成"众坊街"）、北帝街、美善同道、窝打老道、美孚新邨、太子道、中大宿舍、太古城等地方，我都一一走遍了。除了北帝街（美璐、崇尹、美璇三个孩子出生地）、龙翔大厦、太古城外，很多建筑物都改变了，已经不是以前我们居住时的样子。虽是景物已非，但我仍喜欢到那里，到每一个地方去回味。怀念着儿时与母亲同在一起的时光，回味着与你相识、相恋直至结婚后陪伴着儿女成长的每一个生活细节，一幕一幕的前尘往事，亦恍若一一重现眼前。

回想二〇一二年，我们回香港时也曾走马看花地到各旧地重游，却因不胜劳累各处亦只得一掠而过。想不到四年后的今日，却是我形单影只，寂寞地一人到各处去缅怀、去徘徊。人生无常，日后能否重临故地实难预料，唯有多拍照片以留作怀念。

还有一事我要告诉你，自从在澳门菩提园替我父母立灵位后，在澳门居住这些年，我们很少上慈云山拜祭我母亲了。母亲的旧骨灰灵藏樟木箱，在五十多年损耗下已开始破烂了，现已更换了美璐亲自替外婆挑选好的一个新的玛瑙石骨灰灵藏（是美璐四姐弟合送的），也幸得美芳和火有夫妇在港热诚帮忙，亲自代我们送上慈云山观音庙替我母亲更换，他们对我相助——惠及我母亲之情，实是难得，令我非常感动！崇修这次回港，正好陪我上慈云山拜拜外婆，一睹灵龛新样貌。母亲座前，居高临下，风景优美，环境清静，实属一处不错的安息之所。

十一月二十六日星期六上午十一时，在新亚书院"云起轩"，由香港中文大学历史系、香港中文大学新亚书院、新亚研究所三

●学生们不辞劳苦，筹备了一个合适的场合，让在港的亲戚、朋友、同学方便前来向你追思悼念，深厚情谊真令人感动！

●那天天气虽很坏，整天下着滂沱大雨，但悼念你的亲友却无惧风雨而来，"云起轩"会场中安排的一百五十个座位也全坐满了。

●美璐在追思会末段，向在座的亲友致谢词时，提及在相片录像回顾中播放的《追寻》一曲乐谱，是父亲生前最喜欢唱的歌曲。

个合办机构为你筹备的追思会开始了。那日虽整天下着滂沱大雨，但悼念你的亲友却无惧风雨而来，"云起轩"会场中安排的一百五十个座位也全坐满了（我早段时间也详尽地写了另外一篇《追思会》的随笔，因此我不再详细地告诉你了）。

有感于美璐在追思会末段，向在座的亲友致谢词时，提及在相片录像回顾中播放的《追寻》一曲乐谱（该音乐是孙女明明拉的小提琴，再由美璐钢琴伴奏，多有意义啊！）是父亲生前最喜欢唱的歌曲，她说："父亲喜欢唱歌，他高兴时唱，不开心时也唱，是唱给自己听的。他喜欢唱，尤其是最后的两句'我要我要追寻，追寻那无限的深情，追寻那永远的光明'。"彬，这首由许建吾作词、刘雪庵作曲的《追寻》："你是晴空的流云，你是子夜的流星，一片深情，紧紧封锁着我的心；一线光明，时时照耀着我的心。我哪能忍得住哟，我哪能再等待哟。我要，我要追寻，追寻那无尽的深情，追寻那永远的光明。"我想，曲中歌词对你是心有同感，亦是你内心深处的追寻！不过，你要做的事你已做了，你应该做的事你也做了，你能做的事你也做了，而且也用心地尽力做得很好，你可说今生无愧亦无憾！你要"追寻"的都已"追寻"到，应惬意而释怀了！

修仔十天的假期很快结束，二十八日中午饭后他匆忙地回美国了。美璐和我则继续另一段广州、香港和澳门三处的繁忙行程了。

**淑珍**
**二〇一七年五月**
**新泽西州**

## 二 广州市苏美璐画展

彬：

　　首先我跟你说说我们广州之行的经过吧。蔡澜先生在广州芳村信义会馆，替美璐筹备了一个为期二十日的画展。我们提早一日便和蔡先生一同去广州，并入住于广州市近江边风景最美丽的白天鹅宾馆。

　　画展的主题为"苏美璐笔下的蔡澜"，是展出美璐在蔡澜先生书中画的部分插画。

　　开幕当天，上午和蔡先生会合后即转往画展现场，只见很多工作人员正忙着布置，有一百多幅插画已排列整齐地挂在墙上，室内还放置了一部大型的新式印刷机，可把插图完整地印在 T 恤上，供喜爱者随意选择购买。

　　蔡先生交游广阔，下午三点开始，客人便联袂陆续到来参观。那日，袁美芳、陈荣波、吴火有、黄百连四人特意远道前来，本拟参与开幕仪式，怎料我把开幕时间弄错了，他们只能改在第二日才到信义会馆观画。

　　画展的第二天，我们吃过早餐后即约在信义会馆门前集合。我觉得他们这日来，反而是最适合看画的时候，不像开幕那日，宾客挤迫一堂不能随意走动看画。看完画后，细心的蔡先生已安排司机张先生带领我们到广州四处观光，又品尝传统特色美食和欣赏粤剧表演。而傍晚美璐要接受广州传媒的专访，张先生则驾车送我们各自回酒店休息。到第四日，也是停留广州市的最后一日，我们一早收拾好行李，和美璐吃过早餐后，张先生便驾车接我们六人前往东莞市，赶赴滘江滨路水乡美食城"佳佳美"老板娘的约会。

"佳佳美"的老板娘，真是一位能干的奇女子，外形像一个毫不起眼的普通村妇。她的丈夫早年便过身了，她除了带大一对儿女外，生意还经营得甚为出色。儿女长大后，有乖巧的他们帮手营业，不断地把各处食肆生意扩大，各类食品也做得更是出色，是当地驰名的食肆之一。

据蔡先生说，在当地他们可说富甲一方，但他们一家却毫无富人态度骄傲的陋习，真是很难得。

认识她是由蔡先生介绍，那日美璐画展开幕时，她盛装出席（友人笑说她娶儿媳妇时亦没有这样刻意打扮），在会场中也坐了大半日。她是蔡澜先生出品食物的合伙人，蔡先生淘宝网店中"蔡澜的花花世界"售卖的各种"抱抱食品"，全部交与她帮忙制作。我们这次的聚会，也是蔡先生那日代为相约安排。

中午时分，我们便到东莞滘江滨路水乡美食城，那是"佳佳美"老板娘其中一间大食肆。她早留下一个大厢房等待我们，不久，热腾腾地道可口的餸菜一道道地摆满了一大桌子，有驰名的招牌菜卤水鱼头、乳鸽、炖水鸭、焗禾虫、白切走地鸡、榄角蒸鱼、蟹粥、药膳炖白鳝煲、特色炒饭，因知荣波是食素之人，更多添了豆腐煲、罗汉斋菜、清炒时菜、眉豆蒸糕……还有两款是自家厂中出品，驰名海外与别家不同的滘江咸甜粽子。

彬，你看看菜名也很羡慕吧！"佳佳美"的老板娘与我们只是骤面相识，竟然能如此热情招待，是否亦会觉得很奇怪？我想，

●笔者（左）与"佳佳美"老板娘合照

她对我们并不是想图什么利益，她已是富有人家，金钱对她来说也不是什么一回事，当然亦因有蔡澜先生介绍的关系，主要是她心里羡慕我们。她欣赏我有一个画画这样出色的女儿美璐，也知道美芳他们都是做老师的读书人。从她口中常谦说自己读书不多，是一个不懂事的乡下人来看，可想而知她是多么喜欢有文化的朋友，所以一下子便跟我们相熟了，人情味浓厚得像对老朋友一样。

饭后，还带我们参观她的食品制造处，是一个很有规模而整洁的大工厂。然后再转到食品门市部，热情好客的她给我们试食着各式美食，并送给我们每人几大袋，弄得我们有点不好意思，真多谢他们的热忱款待。

我的出生地是广东省东莞的大宁村，会在回程的途中经过，美璐提议司机顺道带我们前往寻找。行不远便真的找到大宁村了。母亲家乡的"谭氏大宗祠"就在眼前，是一幢很大的家族宗祠，祠堂大门的两旁有一副对联，写着"琴鸣莞水家声远，德播宁溪世泽长"，而横批则写着"谭氏大宗祠"五个大字。大门原本是关闭的，幸运的是刚好碰上负责打扫的阿姨开门入祠上香，我们正好尾随入内。美璐和我上香添过香油后，各人逐一参看墙上沿壁挂着的谭姓先祖历代画像简介。凑巧陈万雄的母亲与我母亲同属东莞大宁同乡，他影印了一份由萧国健先生写的《东莞历史研究论集》著作中写及"广东东莞大宁谭氏源流及其发展"的影印本给我，因此得知谭氏先贤择居大宁村之事迹。

先祖唯月公于宋绍兴四年应举，为东莞县令，退隐后择大宁乡定居，遂成为居大宁村谭姓始祖，后历元、明、清三朝，子孙繁衍，名贤辈出，为官者众，至今已历二十六代。

●母亲家乡的"谭氏大宗祠"就在眼前，是一幢很大的谭氏家族宗祠。祠堂大门的两旁有一副对联，写着"琴鸣莞水家声远，德播宁溪世泽长"，而横批则写着"谭氏大宗祠"五个大字。

村分东、南、西、北四方，以"更楼"为中心，后代子孙很多仍聚居此地，难怪此谭氏大宗祠如此鼎盛。

至于我家王氏一族是否仍保留有宗祠，我全无所知，亦没有亲人告诉我；若有的话，想必亦在附近吧。因时已近黄昏，我们不能停留太久了，张先生要赶车，直接送我们回香港了，广州之行圆满结束。下一站是澳门、龙华茶楼、美璐的书画展。

**淑珍**
**二○一七年五月**
**新泽西州**

# 三　澳门与龙华茶楼

彬：

这是我居港两个月足迹回顾的最后一段时间。

从广州回港休息了一日，美璐在澳门龙华茶楼为期两星期的画展开幕了。这次展出的画是《珍收百味集》书中的一百二十幅原插图，是继香港后的第二次展出，所有筹办事情亦全赖蔡先生替我们着意安排。

那天一早我和美璐又起程去澳门。蔡先生的司机接我们与蔡先生会合后，便一同去港澳码头吃早餐，然后乘渡轮往澳门，并入住氹仔最新的巴黎人酒店。

随后抵达龙华茶楼后，沿着楼梯拾级而上，即见熟悉的插画一幅一幅地带着我们往楼上去，工作人员已把全部插画分先后顺序排列整齐地挂在墙上。龙华茶楼是一幢旧式属政府保护文物的罕见茶楼，亦可说是澳门另类的"艺术展览馆"，茶客可以一边品尝香茶，嚼食点心，一边亦可悠然自得地观赏各类艺术品，实一赏心乐事。十多年前美璐和沙佛也曾在此处开过画展，反应亦不错。何老板见我们到来，即趋前如以往一般的热情跟我们打招呼，《珍收百味集》书中插图的澳门龙华茶楼何老板真人现身了。

画展因有蔡先生的推介，近中午时分，澳门各传媒即纷纷而至，场面热闹。采访的或来拍摄照片的，一大群人都非常忙碌，也有很多茶客实时在现场购买了《珍收百味集》书或大画册要求我们签名。

　　●再次全赖蔡澜先生的着意安排，美璐在澳门龙华茶楼举办为期两星期的画展。这次展出的画，是《珍收百味集》书中的一百二十幅原插图，是继香港后的第二次展出。

●我们在澳门生活了近二十年，什么地方都是很熟悉的。记得迁居澳门初期，在早期的十年当中，我们都是生活于物价低廉、悠闲宁静的环境。

这几日蔡先生不停地在广州、北京、香港、澳门等地四处奔走，想亦是很疲倦，但他只是下午回酒店略为休息后，晚上又约了数位澳门友人兴高采烈地与我们一起晚宴。他像有永远用不完的充沛体力，年纪比我还大两岁，精神尚能如年轻人一样，真令我佩服。

画展的第二天，蔡先生一早约了居住于澳门氹仔的朋友Carmen，去营地街街市楼上的摊档食肆进食早餐，然后，我们又一同去龙华茶楼。这一天我们改坐澳门九人座位的旅游车了，因方便稍后袁美芳、何德琦、陈荣波、吴火有、黄百连、阮少卿六位同学参观完画展后一同去澳门各地游览，真多谢蔡先生事事照顾周全。

他们六位同学一早由香港乘坐喷射飞航船抵达澳门了，其实这些插画在香港长春社开画展时他们早已看过，他们的到来，主要是凑热闹，向美璐道贺及特意来澳门陪伴我而已。这种少见的画展场地，展出地点在传统怀旧茶楼闹市中，与我书中插图的旧日情怀甚为符合，看后，也许令他们有耳目一新的感觉。

我们在澳门生活了近二十年，什么地方都是很熟悉的。记得迁居澳门初期，在早期的十年当中，我们都是生活于物价低廉、生活舒适、悠闲宁静的环境。自澳门回归祖国后，澳门特区政府才开始着意向外开放发展，人民生活也开始改变了，楼宇渐涨价，而生活指数也提高了，后更一日千里地急速变化起来。

更想不到，从二○一一年到五年后的今天，澳门变化更大，一片繁华景象，人口稠密，道路挤迫的情况与此前截然不同，更非我们想象得到。幸好沿途有车跟随，还有熟悉环境的司机带路，驾车送我们到各处去，否则真是举步维艰，也不知何时才到路环。

沿着市区十六浦大马路往氹仔方向行，过澳凼大桥之后首先便抵达氹仔菩提园。入园参观后，大家转往大雄宝殿的千手观音堂，在我父母灵前鞠躬致敬。之后转往氹仔市区，在卖手信的官也街徘徊一会儿后便驾车去路环了。

途中只见竖立在金光大道两旁，金光闪闪、形形色色、光彩夺目的娱乐场所较以前更增加了多间，那处本是我俩经常去晨练的好地方，也位于我们旧居所的附近，现在连马路两边怎样通过、如何行走我也弄不清楚了，只觉到处都是挤拥人群和繁多车辆，眼花缭乱，真有点不习惯。

路环一带却没有多大变动，还是一样环境宁静、风景优雅、空气清新、车辆稀少，人口密度较低，这固然因地势倾斜关系，发展不易，故原貌暂时得以保存。此处除物价跟外面一样高涨外，其他的与五年前差不多，仍是澳门居住的好环境，可惜交通不大方便。

沿着海边行驶，很快便抵达黑沙环了，是名副其实的天然遍地黑沙，只见滔滔不绝的海浪拍打在岸边，远观一望无际的海景，令人心旷神怡。一下车，便见美芳像孩童般赤足向海边奔走踏浪而去，火有夫妇则沿着两旁高耸树林，手牵手地在林中漫步，多浪漫啊！美璐着意找寻心仪的地点绘画，余下的我们围坐一起闲聊，若偶能远离尘嚣喧闹地、毫无拘束地、舒适写意地放松一下，多好啊！实人生一大赏心乐事。这种写意无拘束的生活方式，也是你最欣赏、最羡慕、最喜欢的。

美璐本打算做东请他们在葡国花园餐厅吃晚饭，但他们却客气地抢着结账，盛情难却，美璐只得让他们请客了。

回程后美璐去市政厅玫瑰圣母堂听演唱会，他们六位陪我在市政厅看圣诞灯饰。澳门灯光灿烂的圣诞夜景真的很美，何德琦和阮少卿二人拍摄了很多照片，之后司机送他们到港澳码头回香港了。翌日上午，我和美璐在酒店附近游览了一会儿后便也乘船回香港了。

还有三日，美璐便要回苏格兰了，这几天她每日仍不停地陪着我到各处去。星期日她宴请了四舅母一家、六舅父夫妇、七舅父夫妇等人在彩云轩食晚饭。第二日，陈万雄夫妇请我和美璐在奥海城的糖心轩食晚饭。美璐还约了天地图书的编辑吴惠芬小姐及设计师倪鹭露小姐，商量出版《往食只能回味》一事，也是很忙碌的，她三个星期的香港旅程很快过去了。

还有两个星期我也要回美国了。这段日子，在美芳、火有、百连、少卿等同学不断陪同下，除经常一同聚餐外，还相约去尖沙咀观看圣诞灯饰及香港夜景，与各同学的宴会也排得密麻麻的。

彬，二〇一二年，十多位同学也曾在金满庭设宴补祝你的八十大寿，那日你还很高兴地给了他们每人一个大红包，我想你一定记得。

彬，这两个月，我可算饮食频繁，去的地方也多，大大小小的宴会，我也数不清了。我并不是一个嗜食的人，近期胃口一直不好，面对这些丰富美食，感觉上真有点浪费！他们对我的心意，我是感受到的，对他们的关怀与爱护，我谨致以衷心感谢！

筵席间每见有你喜爱的食物，总幻想着与你同在一起，你仍坐在我身旁，多么希望这次有你同行，一起游玩、一同进食，那多么好！我想，你若看见那么多合你胃口的美食，一定会很高兴的。

十二月二十九日，我回美国了。那天，香港天气出奇地寒冷，一大早，吕振基、杜佩凤便驾车送我到机场，甫抵达机场，陆续便见陈荣开、黎明钊、谭仲琴等人先后而至，而何德琦、袁美芳、吴火有、黄百连、陈荣波、阮少卿各位同学，特意佩戴着我送给他们的手织颈巾来机场送行。他们一大群人在寒冷天气下，一大早来机场送我，此情此景，令我深深感动！也忆念起，以往每一次都是有你陪伴同行，而今形单影只，只得孤独一人，与众人闸口挥手道别时，霎时感触，那一刻我终于哭了！

彬，这三封合计超过六千字的长信，你得慢慢细看了，就此搁笔，下次再聊，祝好！

**淑珍**
**二〇一七年五月二十八日**
**新泽西州**

## ●第 9 封信
### ○黄鹤高飞了

彬：

今日是端午节，我像每年一样，上香时把粽子放在祖先神台上，做节日祀祭。阿娘过身之后，让她有"安身之所"，我家便开始供奉祖先了。数十年来每有节日，我都是如此供奉的，让她身故后真的"魂归有托"了。至于死后是否真的有灵魂不得而知，既是许诺了家姑，便该遵守，所以祖先神楼上每日鲜花、生果、香烛我从不间断，视死如生地默默供奉着，只是让她走得安心，这点相信你是非常认同我的。以后我一定仍会继续遵守我的信诺而不会改变，何况现在还有你和他们同在一起。现在你应该在她身边侍候着他们而感到无憾吧？

从去年九月九日你离开我后至今已有大半年了。在这九个月的时间里，无论我们的睡房或楼下"继圃斋"书室，你所有的一切我一成不变地摆放着，替你打扫着，仍是去年你走前模样。每日我上香时，只见挂在神台旁边金婚时你拍摄的照片向我微笑着，但无论如何我却笑不出来了。

写字台上依旧放着你去年练习写的书法，"昔闻洞庭水，今上黄鹤楼。黄鹤高飞去，空余黄鹤楼"及"昔人已乘黄鹤去，此地空余黄鹤楼。黄鹤一去不复返，白云千载空悠悠。晴川历历汉阳树，芳草萋萋鹦鹉洲。日暮乡关何处是，烟波江上使人愁"的两幅诗句，好一句"烟波江上使人愁"！对此我真感慨良多，愁上心头！

我感觉你只是出远门，仍没有回来，默默地期待着你会回来，但昔人已乘黄鹤去，一去不复返了，只留下空荡荡的大书斋。我也不知在等什么，每日只是惯性地整理着，痴痴地等待着！

当日你偶然写下的"黄鹤高飞了"，或许因你自觉身体已日渐衰弱，时日无多，因而有感写下吧！又或许你写下想告诉我，你已一去不复返，真的走了，只为减少我日后痴念。

彬，你走后这段日子，我不知时间过得是快还是慢，想起去年九月九日在床边目睹你走的那一刻，时光倒流下恍似是在昨日；回忆起端午节一家人围桌食粽子的温馨时刻，时间仿佛又回到眼前。但在那遥遥无期的等待中，大半年的时间，我已像度过半个世纪一般，度日如年啊，日子真难过！

静中细思量，我真的非常羡慕你，你真的有福气，你已"追寻到那无尽的深情，亦追寻到那永远的光明"，你想做的或想得到的，你都一一做到了，亦得到了。你的老朋友都羡慕着你，认为你此生应无憾，也该满意了！其实你是最幸福的，正如美芳说，你得享高寿之余尚能在临终的时候，清晰地事事自我惬意安排，更能在毫无痛苦中有尊严地潇洒而去，而且在患病时一直有至亲妻子、儿媳在旁悉心照顾。这种福分，何等难得！学生对你也有此感受。教我又怎能不羡慕你？

想我自幼孤苦伶仃，劫难频频，不致成为饿殍，已是上天眷顾。俟结婚后本期望着有夫相伴，携手到老；更望收殓时，丈夫能在

●"继圃斋"每日上香时，只见挂在神台旁边金婚时你拍摄的照片向我微笑着，但无论如何我却笑不出来了。

我襟前别上一朵花，已无憾矣。怎料事与愿违，你竟早舍我而去，自感福薄缘悭当不及你，更不敢诸事冀求，只祈望日常生活也能自行处理，不致连累儿媳，更祈求上天赐我有尊严地"笑看死亡"而去，其余则别无所求！彬，你在天之灵，得保佑我了。

其实，活着的起码条件，应具备喜、怒、哀、乐的诸般情绪，更应该有思想、有感情、会爱、懂爱、会笑、会哭、能食、能走、能动、有人生目标，那才有意义。如果这些条件统统都失去而仅剩余一个躯壳的话，那是多可悲、多痛苦、多难受。我想，那比死更难堪、更可怜、更可怕！

所以在羡慕你之余，我更是非常惧怕，我怕日后记忆力日渐衰退，脑中空白一片，不能自主。更怕腰腿因旧患变差，行动不得。失能、失智的情况，是比死更可怕，我真不愿那样痛苦地活着。

近日每每有伤春悲秋的低落情绪，更感有林黛玉之悲观情怀，动辄伤感，想起黛玉葬花词："……侬今葬花人笑痴，他年葬侬知是谁……一朝春尽红颜老，花落人亡两不知！"

想起今日自己对你心情，情况恍如黛玉之葬花，他人甚难理解，更伤感他日的自己将会变成怎样。正是花落人亡两不知！对此难免有所悲恸感触。

不管怎样，在我还有思想、还有记忆，还可以走动的时候，不管别人如何看、理解不理解，只要你明白我，知道我心意，那就够了。"继圃斋"，我会依旧如以前替你守护着。虽说昔人已乘黄鹤去，但书斋中每一个角落，你的每个踪影，仍历历在目，时时刻刻停留在我心坎里。

唉！满胸愁绪，也惹得你伤感了！

不说了，下次再聊吧，祝好！

**淑珍**
**二〇一七年五月三十日端午节**
**新泽西州**

## ●第 10 封信
## ○谈梦

彬：

　　这两年我真的很少做梦，据崇修分析，我没有做梦，是因为我在睡眠中不自觉地有了另外一个动作——踢脚。原来睡眠中踢脚，是因为在睡觉的时候肌肉挛缩，导致脚部会间歇性地抽筋，干扰睡眠。专家说梦只会在沉睡当中才会发生，因为这个动作干扰着我的睡眠，导致我不能沉睡，所以便不会做梦了。我这睡梦中大动作，你从来没有告诉过我，你没有发觉到吧。我亦是最近在香港与美璐同床时听她说及此事才知道（香港睡床太狭窄踢到她吧），可以说，这些日子我根本没有正式沉睡过，难怪刚睡醒时也常会觉疲倦，若是此原因导致我难于做梦，那真是一件憾事！

　　梦有多种，多是黑白色的，也有人梦境是彩色的（美璐的梦是彩色的），梦中有动作的，有会做开口梦的，有美梦、噩梦、白日梦……所谓“日有所思，夜有所梦”，主要是抒发内心潜在压力。而“梦感”是指醒后尚记得的梦，是留存于大脑深处的记忆而已。其实，梦与人生百态息息相关，内容多是我们曾经经历过的、现在正经历的，或未来会面临的事。梦的记忆当中，有思想、影像、言语、声音、视觉和听觉，梦感中更有甜、酸、苦、辣的意识和感受，醒后仍有深刻的印象。

　　梦是因个人性格、情绪、社会阅历和文化背景有所不同，或日间对自身感受很在意，因而在熟睡中便带入梦里。可说做梦是记忆中潜意识重复的表现，把记忆中的感受带入梦中回味，是多么奇妙的一件事。

据专家分析，有梦的人是睡得好，只有沉睡时才会做梦，而人的睡眠时间是一个半小时或两个小时循环一次，而分四个不同阶段进行，第一二阶段是浅睡，第三四阶段才是沉睡，尤其第四阶段是睡得最熟、最好，所以梦通常就会在第四阶段发生，也表示着"生长的激素"正在工作。所以说，梦只占睡眠时间的四分之一。亦因在激素适时的工作下，第二天精神也会容光焕发。做梦是绝对不会影响到正常休息时间。

专家更正说，许多人害怕经常做梦，令大脑得不到休息，认为会对大脑造成损害，这种担心和恐慌是没有必要的，做梦反而可以锻炼大脑细胞功能。更有专家认为做梦是人脑的一种工作程式，对大脑白天接收的信息进行整理，调理大脑日间不常处理的信息。说得也很对，我们日间工作多赖小脑系统的思维细胞组织操作，而负责记忆的大脑细胞活动只是其中的一小部分，甚至处于休眠状态。如果这些休眠状态的大脑细胞长期得不到使用，势必会逐渐衰退，为了防止这种细胞衰退，在熟睡中做梦，有助于大脑功能的恢复及加强锻炼它自己的演习和功能，以达到自我调整完善、不致衰退的目的。

古代有句话说"盲人无梦，愚夫寡梦"，虽然说得武断一点，但从统计结果来看，见识少和愚笨的人真的较少做梦，而多做梦的多半是思维和想象力较丰富的人。我近日记忆力日感衰退，想必是大脑细胞记忆系统已开始不愿操作了，长此下去，失忆是意料中的事，看来"愚者少梦"也给我多一个不能做梦的原因了。

不要说那么多"梦话"了，梦中世界的事，诸如此类梦的问题，还是留给研究梦的专家去探讨吧。我只知道每日三分之一的时间全用去睡眠而又睡得不好，那是多么浪费！更不能在梦中寻梦，透过梦境去回味自己逝去的过往，在人生过程中，多少有着遗憾及可惜。

以下的三个梦境，是我从童年时代直至后期很长的时间，断断续续经常在梦中重现，可以说熟悉到连做梦都知道自己是做梦，其中有依恋不舍的，有产生恐惧的，更有些是"梦的时空定位可以转移"的。引证专家们说："强烈而深度的梦，会在大脑细胞中留下深深痕迹，把幼年的记忆带到目前，因此生活内容和梦境多有关联。"彬，从我说的梦境里，可窥探我内心深处隐藏着童年难以磨灭的痕迹，让你多点了解我。

一是"拾钱的梦"——这个梦是我六七岁做小当家的时候，直到结婚初期，不断重复的一个梦。我是一个穿着唐装衫裤的七八岁的小女孩，身上一个袋子也没有，看见满地的金钱，也不知能拾多少及放在哪里，只得用手捧起地上的金钱，用衫的前襟装着，也装得满满的，开心地紧紧抱着。也因做这梦的次数多了，使我在做梦时也知道自己是在做梦，于是把装满金钱的前襟衣服，更紧紧地抱住不愿放手，深恐一旦醒来，一毛钱也没有，活像一个贪钱的小女孩！自小孤苦伶仃，对母亲从不会奢求的小女孩，也不知小小年纪因何竟会做那样的梦，更如此地渴望金钱，想是家境太贫穷了，因而内心深处产生对金钱的冀求、对拥有金钱的一种希望。想到此真的觉得很可怜！虽不能实现，却是一个令我开心快乐的好梦！一个做了很多年，有甜、有酸、有满足感的美梦！

二是"对考试恐惧的梦"——我是很怕做这种梦的，有一种求助无门的感觉。有一段时期，它不停地在我梦境出现，反复地对我进行骚扰。我并不是一个怕入试场的人，但很多时我做梦却在试场里。不同试场，考着不同的科目，梦境里的考试往往令我觉得很尴尬，无所适从，醒后也觉得很疲累；更甚的，每次做梦形式也不同，由最初只有部分试题答不出，跟着是试题也看不懂，更严重的是入试场后，连考什么科目也弄不清楚了。哪有考试是这样！但我仍不停地做着同一类的梦，觉得很奇怪吧？它不在我做学生时期出现，而在结婚数十年后才频频出现在我梦境里，这意味着什么？因何潜意识中我是那么怕考试，怕到莫名其妙地感到一次比一次严重？以前我只是怕考英文这一科，难道在多年后的今日，对这科"囤积害怕考试阴影"，使我在做梦中把几乎已忘掉的考试心理压力从潜意识中不自觉地引发出来？

三是"迷路的梦"——我对方向感和"认路"的认知能力是很差的。彬，这一点你是早知道的。所以，你以前也是很怕跟我走失，而我也曾戏言，终有一日我也许会认不得回家的路。记得在幼儿的时候，有一次因贪玩跟母亲走失了，那时我真的很害怕，我怕再找不到母亲。从此，这种恐惧感便深深地印在我脑海里，跟着重复做着一样的梦——我不断地到处找寻我母亲的梦。

之后，在现实的环境中，凡是我不熟悉的地方，我自己一个人是不会随便到处乱跑的。想不到，移居美国后做梦的地方转换了，这种认不得回家路的梦感更加深了，甚至梦到我坐的士回家时，告诉司机往何处走也不知道怎样说。家在哪里？我真的认不得回家的路了，真的很恐怖！或许这就是专家说的"梦中时空定位可转移"吧，把童年迷路的恐惧感转移至多年后移居陌生的美国环境中。彬，这种感觉真不好受，也惧怕得令我大声叫，做开口梦，幸得你常把我叫醒。

由此证明，强烈而具深度的梦，是隐藏在大脑细胞中，不自觉地深深留下痕迹而形成，当然也有把自己潜意识的冀求带入梦里，希望梦想成真。

若然因上述的种种原因，使我难于做梦的话，则日后无论是美梦或噩梦，我想做梦也做不成了（大脑细胞已开始衰退），或许我渐渐地都会把它忘记了。最遗憾的是我日思夜想，冀盼与你梦中相见的梦也没有了！"日有所思，夜有所梦"是不是真的，还是我思念之不足？

彬，你说，我可以怎样？怎么办？告诉我怎样才能在梦里见到你吧！其实，从我醒后眼角经常留下未干的泪痕来看，应是在梦中见到你了。遗憾的是，醒后梦中境况一点也记不起了，现在能见到的，只有窗前园中树下你的衣冠冢了！

"梦话"连篇，下次再聊吧，就此搁笔。

祝好！

**想你的 淑珍**
**二〇一七年六月三日**
**新泽西州**

## ●第11封信
### ○我失忆了！怎么办？

彬：

　　我真的很害怕啊！我的记忆能力越来越差了，很多时候想做一件事，转眼间就会忘记得一干二净！我把这种情况告诉崇修他们，看看可有药物能帮助我，但他们却不以为意，还说他们有时也是这样。其实，他们的情形只是对事情不着意，哪会像我这样，否则，药厂也不会高薪聘请他们了。但我自己却清楚地知道，失忆的情况真的越来越严重，也不断加深了，我想不久之后，可能连写信给你的能力也没有了。那时，我怎么办？

　　一直以来，我认为，我的记忆是有拣择性认知障碍趋向的。例如，对英文这一科、对道路名称、对电话号码……当时我是牢牢记住的，转眼间就记不住了，过一段时间更会忘记得一干二净。甚至见过几次面的朋友样貌、名字，我也是很难清楚地记在脑子里，时间一久也会分辨不清楚谁是谁。但我对抽象概念方面的事，例如：事情的发生及演变过程，或人事方面的、感情上经历过的，不自觉地却会清楚地记得。数十年前的事，我仍会一一记得，因此，不知详情的亲友，还盛赞我的记忆力好。

　　其实，一个人随着年龄增长，身体各种器官及机能不断耗损，或多或少脑部功能都会产生不同程度的退化，也不一定是真正患病。就算真的不幸遇上了病变，脑退化并不是一下子就全部失忆，至于消失时间的快慢，更因人而异，谁也不可预料，既来之，则安之，自求多福了！

这种渐觉失忆的现象，也不是现在才开始，我知道已潜伏几年。从最早看电视剧，那些熟悉的电视演员，他们的名字逐个逐个地忘记开始，最近更渐渐地连数十年来非常熟悉的股票号码也一个一个地记不起来了，认路的方向感自是更差。当然，自觉这些也不是什么重要事情，记不记得也罢，故并不着意放在心上。

直至数月前在香港连续发生了两件事。这些事情如换在以前，我一定不会忘记的，但现在竟然可以把不久前曾经做过或发生过的事情忘得一干二净，在短短的半年时间里竟然连一点痕迹也记不起了，只觉脑中茫茫然空白一片。看来，你走后这段时间，我失忆的程度真的加深了、加快了，也严重了。

现在我的脑子经常感觉疼痛，我真的很怕这种头痛。我感觉到当每一次头痛过后，我又会忘记一些事，我记忆里的事情又会减少一些。

往往我想专注思考一些问题或回忆以前的事时，我的脑子也在不同的位置下，不断隐隐作痛地敲打着我。那种不是头痛欲裂的大痛，而是像小偷四处流窜慢慢吞噬我记忆的痛，痛过后，我的失忆症状又加深了。

影响所及，渐渐地，不但以往的事我回忆不起，甚至想写一些常用简单的字，也往往执笔忘字。很熟悉的文字，突然间也会模糊不清，怎样也想不到，如此继续下去，我以后不知再能做什么。现在还可以把近期这些事情写信告诉你，相信不久之后，我连怎样写信、怎样表达自己也弄不清楚了。天啊！那时，我将会怎样？

幸好《珍收百味集》早在一年前撰写完成，七十多年的陈年往事，那时只凭记忆，仍能清晰地记起，也能把每一段时间心中的感受书写出来。幸亏能完成此书，它是我一生的写照。倘若日后我真的全失忆了，我的人生也不至于空白一片。若换了今日我才执笔撰写，可能很多事也记不起怎样写了。

彬，老实说，我可不是一个性格豁达的人，也不是一个像你那样能随遇而安的人。移居美国后，我的心情一直是忐忑不安，也不知自己想怎样，未来也不知何去何从，现在更害怕日后老年痴呆了。那时我会怎样？儿女又会怎样？

唉！

百分之二十脑退化的概率也偏偏选中了我，那又有什么办法？唯有尽人事，安天命，过得一日就是一日了。或许上天怜悯我、爱惜我、保佑我，早蒙他眷顾宠召，潇潇洒洒地能与你"相聚"，那我就真的"阿弥陀佛"，幸运地免受他日诸种痛苦了！愿天保佑！

彬，你可有同感？惹来你伤感了，也许你亦如我一样，为我的未来感到很难过吧？你得保佑保佑我了！

下次再聊吧。祝好！

**淑珍**
**二〇一七年六月十日**
**新泽西州**

## ● 第 12 封信
### ○ 川字掌

彬：

　　"川字掌"是掌相学的一种专有掌相名称，顾名思义，是专论掌内的三大主线理智线（头脑线）、感情线和生命线。这三大主线都是独立分开互不相连，而形成一个"川"字，故掌相学家称这种掌纹的掌为"川字掌"。其实有此掌纹的人并不多见，有人是单掌川字，也有人两掌都是川字，而我凑巧左右手的掌纹也是川字形，也因此更加深了我对这类掌相书籍的研究。

　　面相学家说"相由心生"，人的命运，无论富、贵、贫、贱，一生运程可从面形各个部位的好坏而预做判断。掌相学家也说，透过掌中各种不同类别掌纹所显现出来的掌形，也可反映掌中人一生的性格、定向及以后的际遇，是否真是如此，则有待事后分晓了。我就是一个最能反映"川字掌"性格的人，至于际遇嘛，老实说，任何人都不能预测，我认为只能"自求多福"，有待上天的旨意了！

　　据掌相书记载，具有"川字掌"掌纹的人，处事独立性极高，感情上和理智上的事情绝不会纠缠在一起，多是自信心大，主观强，轻率武断，不容易接纳别人的意见，对人、对事都非常认真，往往有独断独行的倾向。对于别人能否认同、是否欣赏，他可不会在意了，更不会加以理会。这样的性格是好是坏，不能一概而论，看时代变化因人而异了。

在古时若男性拥有"川字掌"，以男性为中心的社会下，他们在处理事务上不会因做事的独断独行而受到阻碍，成功的例子往往也很多，因而男性拥有的"川字掌"自然被认为是"好掌"。

但"川字掌"若换在女子身上，由于性格独立，喜欢多出主意，因而难得丈夫认同及家人接受，对丈夫也难免造成压力而影响婚姻，自不容纳于那个时代的社会，有极多负面评价！更有手若是"川字掌"的女性属"多婚"之传说。

现今社会，时代不同了，女性可顶半边天的风气下，也有很多外出工作为高官的女强人，女性思想性格独立并无不妥。因在高压力竞争的现实社会中，丈夫反而喜欢有一个思维够独立的妻子在旁协助，可以减轻自己思想压力上的负荷，更可一同外出工作，分担家庭经济上的支出。

时移世易，更有新的掌相学专家说左右手若都是"川字掌"的人，是主大吉的。女性若拥有"川字掌"是好事情，双手"川字掌"的被誉为"左川事事福，右川累累金"，是亦福亦贵的另一种赞美的说法。是否如此，不得而知了。

以上说的种种，既是前人经验命理、掌相之谈，自有其依据之处，是赞、是贬也不必深究了。我只是想从我自己拥有这一双"川字掌"的真实案例，来分析一下我的亲身感受及事实真确以作印证而已。

我的两手掌纹，除了看出是典型的"川字掌"外，手掌超薄而纹理不清晰，更是非常凌乱，或许真的代表我的人生，是那么变幻莫测，难于捉摸吧！尤其手掌皮肤如此超薄，可说是一双极不适宜做粗糙家务的富贵手，但从小至今，我的"终身职业"却是一个不折不扣不停操持家务的家庭主妇。其实就是我自小有"主妇手"的原因了。

我的掌纹异常凌乱，那只代表我的心思复杂而已。看来还是你的掌纹清晰的好——你有长长直达手腕的生命线，那代表你的长寿应无疑问；你的感情线和理智线虽有部分相连，但你的感情线较深刻而偏长，显示出你的性格是偏重感情的，你的确也是这样啊，不像我心思复杂，乱七八糟混乱到连自己也弄不清楚自己究竟是怎样的一个人！

我认为一个完整掌相看法，除了看掌上的纹理外，更应该全面参考标准掌纹的粗细深浅、纹的长短走向，及掌的厚薄、色泽、软硬程度，才可以全面概论，否则单凭一部分是很难判断准确的。

说实在的，人生漫长，也不能单凭手上那几条掌纹便能预知未来吧，加上后天修养上的改变，当中更易有偏差。就以我掌上的"生命线"来举例吧，我的生命线末端仅长至掌中心，若依掌相书来说，绝非长寿之人，应是四十不到，现今我已七十有五了，算来也该属不短寿。

又我左掌有一条很明显由手腕直达中指的"事业线"，依掌相来说我应该是一个事业颇有成就的人，但惭愧的是，至今我仍一事无成，更不知事业何在！妙的是，在我双掌无名指的下方都有一条很明显的"太阳线"，又叫"成功线"，是"事业线的参考线"。据说，拥有此线的人，可辅助事业更易成功，我连有什么事业也不知，何来辅助，也何来成功？真滑稽！是何所指？是否费解？

有人说"面相随心转"，是否掌相也是一样，是会"掌相随命转"？但我却不觉得我的掌纹有任何改变。或许我的掌相不依常规，又或许我懂得的仅是掌相书中的一鳞半爪，见解不深，自不会明白。只是举例言之而已，冀望日后有缘当请教于掌相学专家，给予解答。

不过，有关"川字掌"拥有者的特性，表现出来的性格，举出的种种事例，却是灵验非常，个中例子亦不由你不信。你常说我的脾气很倔强，不会听取别人意见，见事非黑即白，毫无中庸之道，是没有灰色地带而任性的人，并取笑我这种臭脾气若是当政界掌权高官，必死的人多，亦只有你才容忍得下我。其实这就是掌相学中提到"川字掌"的人的一般性格。

专家强调，左右手都是"川字掌"的女性，她们把对丈夫的爱及关怀全都放在自己心灵深处，不轻易表露出来，亦不会随便宣之于口，再加上凡事都有她自己的主见，性格硬邦邦的，缺少温柔的一面，浪漫情趣自然较少。我想，我也是如此吧。这一点说得真可圈可点，发人深省。从小我就是一个性格活像上述的人，根本不懂得妻子对丈夫的态度应如何表现温柔，只认为自己所做的一切，什么事都已替丈夫着想，总以他的想法为依归，那已足够，往往做后也只隐藏于心里，不用事事说出来，表面看来性格上反而活脱脱的类似男孩子，这样自然很难扮演小鸟依人的温柔妻子角色，那丈夫又何来温馨浪漫情趣？

彬，我想你亦必有同感，觉得他们说得也很对吧？记得以前我也常会觉得你是一个不懂得体贴妻子的丈夫，生活上更无浪漫情趣可言，如此说来，问题却是出在我身上了！我想，做丈夫的

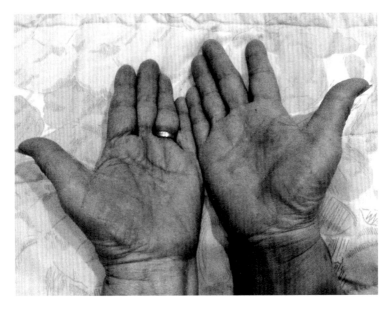

●左右手都是"川字掌"的女性，她们把对丈夫的爱及关怀全都放在自己心灵深处，不轻易表露出来。凡事有主见，性格刚强，欠温柔。

"川字掌"的人通常都是父母缘薄又天生"劳碌命"，若真有来世的话，但愿我不再是一个"川字掌"的人！

都希望有个懂浪漫情趣的妻子吧？你对此可感到遗憾？没有办法啊！是性格使然，谁教我本性如此，彬，我想你不会真的责怪我吧？

也有专家说，"川字掌"的人通常都是父母缘分浅薄的，而且更是天生"劳碌命"。这点我非常认同，就以我自己为例子吧。想我一岁不到，父亲便逝世，相依为命的母亲更不幸在我二十岁还未到的时候也因病而过身了，自小孤苦伶仃，与父母真的是缘悭福薄了！或许真是性格使然，什么事也总爱揽上身，而不会放手交与别人，总是无事找事做，不能停下来，你说不是辛苦的"劳碌命"，那又是什么？想来，真的笨得要死，自找辛苦，何苦呢？只得再说一次："没办法啊！谁教自己性格如此，命运生成！唯有认命吧！"若真有来世的话，但愿我不再是一个"川字掌"的人！

下次再聊，祝好！

**不懂撒娇的妻子　淑珍**
**二〇一七年六月十四日**
**新泽西州**

## ●第 13 封信
## ○也论生与死

彬：

人生不过百年，无论光辉灿烂还是寂寂无闻，数十寒暑之后，也是随岁月而消逝，生、老、病、死，无一幸免。正如你以前谈及"生"与"死"的一文中，认为世上最公平之事，莫若出生之际均光着身子呱呱坠入缤纷的人世间；最值得怀念者，当是怀胎十月后诞生孩子时痛苦的母亲。闭目之时，只赚来一身衣服，与一副不同价值之棺木而去，整个缤纷色彩的世界亦从此落幕。死后尚能留存的价值，却因每人所做的"业"不同，而"果"亦异，盖其情性全由自己做主之事，予人凭其终生"作业"所展示之善或恶，而永留存于人间，其最可贵得以受人尊敬纪念者，当在"盖棺论定"之日，供后人鉴定评论而已。你这些论点，我是非常认同的！

彬，你在终结篇中说及自己："人生在世历尽不少时光，走过不少道路，也做过不少事情，正如东坡所说的——鸿飞那复计东西！而人生亦总有闭幕的一天。"在二〇一五年第三度回港后，你亦写了"此次回美之后，休养多病的残年，唯尚望生命在临终时能安详而闭幕足矣"！记得二〇一六年九月七日，我们第四度由香港回美国，第二日中午崇修带你看完医生后，食了药止了咳，也再没有呕吐，那天你很宁静地睡了整个晚上，是近期难得的睡得那么好的一晚！直到翌日还是迷迷糊糊半醒半睡着，我不知你是否太疲累或真的想睡，所以一直在旁静静地陪伴着你而不想真的弄醒你。到下午你醒了，只是细声地要我拿一些冻的营养水给你饮，但那时你已无力用吸管自己饮，而要我喂你一口一口地慢慢吞下。临终前一刻，你张开眼睛注视着我，我不知你那时在想什么。或许那一刻你想对我说："珍，我支撑不住了，我要走了，请原谅我不能再陪伴你！"不一会儿便无言地遽然而去了！从你走后眼角尚留下的泪痕，我知你在走前的一刻，是极不舍得离开我的。那时正是下午三时整，圆元刚放学回家。小小年纪的她，也知最疼爱她的爷爷走了，在床边哀呼爷爷数遍，也没有回应，爷爷真的走了！看她最后目睹五福的工作人员把你包好运走时，她直追出街外，默默无言、依依不舍的黯然目送情景，令人伤感，也使我心酸难过。至今这个情境仍萦绕在我心头，凄然地停留在我脑海中！

由睡醒至闭目而去前后不到二十分钟的时间，你就离开了这个色彩缤纷的世界，你的人生终于落幕了！你唯一盼望在生命临终时能安详闭目的祈求应当是如此吧！我想你应无憾而于愿足矣！你的福报真令我羡慕！

彬，很奇怪，告诉你，你走后那段时间，有几位与你一同在桂林街或农圃道的老同学、好朋友都相继离世了。在你之前的有黄祖植先生、列航飞先生，在你走后不久宋叙五先生也跟着走了，英国的好友杜德桥先生因发现脑癌，只是两个月的时间也逝世了。还有，李启文同学转告石磊先生在加拿大老人院亦辞世了，而居住在加拿大温哥华的陆耀光先生在今年十一月二十五日亦走了。这一连串的桂林街老同学，很凑巧，好像不约而同地在这段时间与这个世界先后告别了。在天边的另一角，你们有否相约见面？

加上以前先后逝世的好友杨广田先生、胡咏超先生、逯耀东先生、李杜先生，孙国栋先生……我想，你的老同学已走得近大半了，只能叹一句"人事有代谢，往来成古今"，令人不胜唏嘘！

彬，你走后，我的日子每天都是昏昏沉沉、浑浑噩噩的，做什么也提不起劲，像不属于这个世界，外面的世界也像与我无关。我没兴趣跟他们一起外出游玩，总觉自己会阻碍着他们；也不愿意自己单独一人出外活动，落落寞寞的一个人在异地的街道上漫无目的地走动，多无聊！没有你在身边陪伴，漫漫长长的日子也真难过，心也很累啊！

一向以来，我在你和儿女心目中的形象是很独立及坚强，不会动辄下泪，在我母亲逝世后，我的性格就变得如此，也许只是着意地保护着自己吧。一个没有娘家关注着的孤女，处身在一个大家庭中，若想不受欺负，一定要维持着自己存在的价值，只能坚强地武装着自己了。其实长久如此，也是令人顶觉得疲累的，后来竟然渐渐地也变成了习惯！

自你离开后，我的精神像崩溃了一般，再也无力继续支撑了，我真的觉得实在太累了，也坚强不起来。我的感情变得很脆弱，像林黛玉附身般多愁善感，心思混乱得很，动不动便伤感下泪，真不像以往的我。或许以往的我已随你而去，现在的我，已像不认识自己了！

也来学学你论论"生"与"死"这个问题吧，我认为这是颇具争议性的，例如：像现在的你虽已死了，但你的一切依然活在我心中。而我现今的身躯虽然仍是活着，但心却随着你而死去了。正确地说，在你心中的我也死去了。又例如：有些人每日像行尸走肉般活着，但活得醉生梦死，毫无作为，这跟死去又有何分别！反之有些人虽已逝去，但留下的事迹却永远活在后人心里，受后人的歌颂、赞扬、怀念……如此说来，这生与死究是何所指？更是何定义？谁是生？谁是死？一时间真弄不清楚，自己也感觉糊涂了！

一般认为生是可喜，而死是可悲，我想也不尽然吧！人生变幻莫测，谁喜、谁悲，谁也不能替他做定论，只有当事者才能亲自感受到，或许是活得开心，活得有意义，临终能潇洒无憾而去，能如此才是值得"可喜"，更没有所谓"可悲"，那才是真的美好人生！

满纸荒唐话，不说也罢。就此搁笔，下次再聊吧！

淑珍
二〇一七年七月二日
新泽西州

# ●第 14 封信
## ○《珍收百味集》

彬：

前些日子我写给你的信都是偏向伤感而消极的，今日我终于有个好消息告诉你：《珍收百味集》成为二〇一七年第一届香港出版双年奖中"图文书类——十大出版奖"之一。

璐璐传来皇冠出版社转来的电邮，说及他们早前提名了《珍收百味集》参加第一届香港出版双年奖。

大会经多月的筹备，已于今年年初举行的初选中，邀请本港四十家出版社派出资深专业代表，从各个奖项类别中选出得奖作品，五月下旬再经由专家组成的决选评审团审议，从每个奖项类别中选出首届香港出版双年奖的得主，很高兴《珍收百味集》成为"图文书类——十大出版奖"之一。

大会邀请各得奖者拨冗出席颁奖典礼，同申庆典。我和美璐都不在香港，届时只得请"皇冠"做代表出席领奖了。

记得去年（二〇一六年）蔡澜先生于九月二日在西营盘"长春社古迹文化遗产保护资源中心"为美璐筹划开了《珍收百味集》插图书画展，所以新书一定要在八月底排版编印完成。去年这段时间我在美国"继圃斋"计算机前正忙着给皇冠传来的稿件做最后校对工作，而你亦默默在我身边练写书法陪伴着，想不到两个月之后，你便离我而去了。更想不到一年不到的时间突然传来此得奖消息，真不知是喜还是悲，心里更倍感唏嘘！若你仍在的话，相信一定觉得很高兴，现在我只能遥远地送给你这一份难得又意外的出版奖项当礼物了。

《珍收百味集》得以成书也是颇为偶然，这当有赖蔡澜先生向皇冠出版社美言促成，亦幸得美璐不计酬劳大半年来为文稿画插图加强人物动态，因而令此书生色不少。近年来我本想效法你试写"七十杂忆"之类的自传，其实只是想记录自己一生的点滴留痕旧事而已，没有冀盼出书之念头，蹉跎岁月下也迟迟没有动笔，可以说"只闻楼梯响，不见人下来"，所以在二○一五年十月蔡先生来电邮征询后，毫不犹豫地答允了。

既然是我的人生记录，我当真诚、坦率地一一记叙，真实地写自己一生的故事。但问题来了，当我写完童年前一段故事后，便几乎中断而推辞不想写下去，那是你的缘故！

至于后来却在半年不到的时间内快速完成此书，原因亦全因为你。此书成书与否，可套用一句"成也萧何，败也萧何"，成败全系于你身上了。

你记得吗？当我写到学校组织去沙田旅游时，我们两人在火车上握手结缘那一段，无意中给你看见，你煞有介事地表示我不应该把两人这段私人感情之事写出，是觉尴尬吧，有点不想让我写的意思，我真的不明白，也非常不高兴。我不明白既是我的一生事迹，当以事实真相写出，若是处处顾忌着，这样不能写，那样又不能写，那我以后怎样继续写下去？纵使可完成，如此写来对我又有何意义？我要忠于自己，也是对写作的一种尊敬。

我的不开心、不高兴是感觉到结婚五十多年后的今日，你仍是耿耿于怀地介意着我们认识的经过。不要说在现今这个开明时代，就是以前，男未婚，女未嫁，真心相爱，无损于任何人，我从来也不觉得有何不妥。你这种表示态度，真的太保守了，也迂腐得很，令我觉得自己有一种见不得光的样子。更感觉自己一生过得很委屈也太窝囊，替自己不值（我是一个情绪很敏感而触觉敏锐的人），既是如此，我也不想写了，一怒之下，便叫美璐代向蔡先生推辞不写下去。

经过数天，你终于拗不过我，或许已想通了吧，有些歉意，更有些委屈地说我误解你的心意了："你这个人，真的好胜，固执得很，自己决定的事，是完全不肯接受别人的意见，我只是稍为表示一下我的意见，不接受那就算了，用不着动不动就发脾气随意地说停止不写。我以后再不管你了，你喜欢怎样写就怎样写好了。"其实你的意思是不想让我中途停止，亦希望我能继续书写完成。幸而美璐这几天正在犹豫不决而尚未向蔡先生推却，因此我仍如前继续写下去了。我想，你是熟悉我的臭脾气，只要我认为是对的，是不会有任何改变的；若随意改变，那个就不是真的我了。

话说回来，二〇一五年圣诞节开始至二〇一六年八月那大半年时间，美璐本是想休息半年，不接工作，刚好她利用这个空当替我的书作插图。我在美国写稿，她接到传来的稿子就画，画好后又传回给我看，互相传送，一幅接一幅地不断画着草图（她的黑白草图很传神）传来，也越来越有兴趣。她画得很快，甚至连和家人出外旅游时也不忘在途中作画，所以当我刚写完全书时，她的一百四十多幅黑白插画草图也全部完成了。两个月后渐染上色彩的一百四十幅正式插图就跃然印于书上了。画展中展出的只是其中的一百二十幅而已。

我记得，皇冠出版社原是没有规定日期要我何时完稿的，蔡先生或是照顾着我初次执笔吧。老实说，近一个世纪的遥远岁月，回忆起来，千头万绪的，真不知从何处开始，也需时间加以整理思绪。但后来看见你那么兴趣盎然，看着美璐传来的黑白插图草稿，每日在 iPad 前期待着，热衷地等待着女儿有新的插图传来，看在眼中，不觉有点黯然难过。

我想你是热切期待在有生之年能目睹此书，若依我初写进度，缓慢若此，则不知何日方能完竣。有想及此，真怕你会等不及了，唯有不管写得如何，写得好或坏全不管了，只是着意把记得的、想到的统统都写下，把每个时代所见、所闻、所感，好的、坏的、对的、不对的或感人的全都写上。往往在寒冷更深人静的时候起床静静写，在寂静的半夜里，更易回忆起以前如烟如梦的一幕幕，喜、悲、酸、甜、苦、辣百味交集的前尘往事都被我一一写上了，想不到半年的时间，我竟写了超过十万字，全书也总算初步完成了。

是你促使我写得那么快，《珍收百味集》最早出版的样书，刚好让你在香港威尔斯亲王医院看到，也真的赶在你有生之年的最后时刻看到了。

好了，不写了，再写下去，恐怕我的心情又会沉重下来了。

下次再聊吧！祝好！

**淑珍**
**二〇一七年七月十日**
**新泽西州**

## ●第 15 封信
### ○大食会的回顾

彬：

看完二〇一七年三月份《新亚生活》卢达生先生的投稿，他转载了你在《七十杂忆》中提及维持了数十年仍继续保持的新亚书院校友"月杪茶叙"的短文后，不禁让我想起以前孙国栋先生、唐端正先生、李杜先生、逯耀东先生、孙述宇先生和我们六家人在一起相聚的大食会热闹情况。

我们六家人大食会的聚会与你们"月杪茶叙"性质不同。"月杪茶叙"是你们新亚书院历届不同系别的校友组合约定参加，每逢月底举办一次，校友借此茶叙相约见面，随意地谈谈天、说说地、叙叙旧，想不到竟然能维持数十年，直到现在仍然保持着，实属难得！而我们的大食会是六家人携同妻儿一同参与的旅游聚会，是六家人假日相约课余时间与孩子们一起玩耍的家庭式聚会，也维持多年，亦属难得。

不记得从什么时候开始，大概上世纪七十年代中吧，我们六家人，不论届数、系别、年龄、男女，连孩子们一共二十五人，一年之中，总有几次相约在一起的旅行和饮食的大聚会。大人和小孩子分开坐，刚好坐满两大桌子。这种大食会的热闹相聚一直保持了很多年，直到孙国栋先生移民美国、逯耀东先生回中国台湾任教才停止，其中点滴也甚为有趣。现今回味，数十年的前尘往事犹历历在目，惜人面已非，使人不胜唏嘘！

孙国栋先生、逯耀东先生与你同属新亚书院历史系，而唐端正先生、李杜先生则是哲学系，孙述宇先生是英文的翻译系，除逯先生是农圃道新亚书院研究院同学外，其他的各位都是桂林街时期的老同学。后更因同校为同事的原因，有同学这种深一层关系，所以同事间来往便多了，因此经常聚会，孩子们自小同在一起玩耍，更觉熟络。

最初的时候，我们多是相约往新界郊区旅游，每次一大群人早上浩浩荡荡地搭乘公共交通车辆前往，沿途真的很热闹，难得在假日大家无拘无束地出外走走。孩子们一起在车上相见时间长，也易于沟通，一下子便玩得很开心。其后陆续地二位孙先生及唐先生、李先生他们都各自备有私家车，只是逯先生和我家仍没有，不过每次仍然可安排分别坐在他们四辆私家车里，这样孩子们玩得就没有以前那么容易熟络了，每每正当他们玩得最高兴的时候，差不多又是要各自分手回家了。看来，这就是有车的人与没有车的人同处一起的分别。由此，不禁令人联想起以前的家长对儿女婚姻要"门当户对"之见解，细细体会之下，想来亦不无道理。

回想起来，我们当年那群孩子真乖，也很守规矩。虽是一大群十多个孩子同在一起玩，但从不见他们吵闹或不和，亦不用担心他们自己到处乱跑，总是很听话地大家围着在一起玩，所以各家父母都不需要特别照顾他们，只是偶尔点数一下自己的孩子人数是否齐全便可以了。不像现在的孩子，意见多多，太活跃顽皮，难于看管。难怪现今的人不愿意多生孩子，甚至结婚后也不会生小孩。

我们的旅游地点多在郊外，什么地方也不记得那么多了，反正目的都是出外活动筋骨，散散心，方便同在一起游乐而已，所以在什么地方也没关系。每次一天的旅游行程，多是由早上至下午行走了大半日后，疲倦了，便在附近的酒楼停下休息，并准备在该处吃晚饭。饭前大家也会坐下闲聊或玩些简单的玩意儿，如十点半、话事啤、摇滚骰仔斗大……每年除了新年一次例外特许下，小孩子是不容许玩赌钱的玩意儿。

有一年的新年聚会，难得孩子们有机会围在一起发新年财，崇修幸运地赢了不到十元港币，却慎重地收藏在麻雀台的小柜子中。到急着跑去吃晚饭时，不记得取回，回家后才记得，所以一直记挂着。直到下一次我们又在那里聚会了，他仍不忘记在各张麻雀台的柜子里找寻，希望能寻回他的失物。在大人眼中觉得他有些傻气，或感到是小孩子的一桩趣事，但对一个只有几岁大的孩子来说，幸运得来的东西转眼便消失，自会觉得不舒服而耿耿于怀了。其实此事对他来说，我却认为是一件好事，是陪伴着他成长中的一件好事。借着这一个小小的教训，提醒他以后做事不要太大意，否则损失更大了。

孩子们的趣事也真多。彬，你记得吗？我们每次虽是六家人的聚会，但最后付账却是分五份的，其中有一家是"白食"，不用付钱结账"白食"的那家是由"画鬼脚"来决定。新年时"鬼鬼"声这名字不好听，所以在新年时会改用"新年行大运"这名称来替代。"画鬼脚"的规则很简单，在一张纸上画上六条线，在其中一线的下端写上"白食"两字，跟着遮掩着线的下方，上面六家各选取一条线，各人可随意在每一条线中间加上不规则相连的上下短横线，决定后每家便沿着自己的线往下行，朝着有横线相连方向移动，每格下行，最后直达"白食"那处。画到"白食"线的那家，那次便不用付钱而真的可以"白食"了。

其实，画到"白食"的一家，亦不是不劳而获的，他们要准备筹划下一次的聚会，时间、地点、通知及准备下一次沿途的零食、计算消费……所花的时间也不少。

有趣的是，每到结账"画鬼脚"的时候，也是孩子们一日最紧张的时候，他们本是同玩不分你我的，但这时却各护其主，一起团团转地围在自己父亲身边观看，聚精会神，像球迷看竞赛入迷那么投入和兴奋，都希望自己的父亲能选中，取得"白食"那一栏，这种情况看来真是有趣得很。从孩子这种小小年纪的表现来看，亲情的维系确是一种非常正常的举动，在重要关头保护自己家人也是一种极自然的反应，从孩提时候便可以窥见，实属人之常情。

往事如烟，转眼间又数十年了，孩子们都长大了，各自成家，亦各有他们的天地。岁月不饶人，我们这老一辈的，前尘往事真的不堪回首。屈指一算，我们六家人，孙国栋夫妇、逯耀东夫妇、李杜先生及你都先后走了，当日围坐大人一桌中的十二位，现今只剩余一半了，回想当年盛况，教人感慨万千，亦不胜唏嘘！

余下的六人中，孙述宇先生据闻已离婚多年，我们移居澳门后与他多年未见面，回港亦从没有联络。李嫂与女儿文叡住，一切生活如常，至今我与她亦常有电邮往来。我们六家人，现今算来还是唐端正先生夫妇是我们中最幸福的一对，听你去年提及唐先生和唐大嫂今年刚好是结婚六十周年的钻石婚了，跨过半个世纪，能维持婚姻六十年的夫妇多不容易啊！实可喜可贺，也真叫人羡慕。

唉！惆怅得很，我们俩人今生已没有这个机会了。

下次再聊吧，就此搁笔，祝好！

**淑珍**
**二〇一七年七月二十三日**
**新泽西州**

## ●第 16 封信
## ○谁惜父母心?

彬:

常听到"养儿一百岁,长忧九十九"这个老生常谈的道理,这是历久不变的。我相信从母亲怀胎十月,婴孩呱呱坠地开始,为人父母的都会有这种心态,都会感受到事实真的如此,想你也不会例外。我知道你患病后期的一段日子,仍是放心不下地替儿女们担忧着。担心他们的健康状态,担心他们的工作是否顺利,担心他们的生活过得开心不开心……事事你都仍操心着。希望孩子们都能明白你的心意吧。

其实,为人父母的,从孩子诞生的一刻开始,首先注意的不是男或女的问题,而是孩子的发育状况,身体是否正常?其次当然是看婴儿长相怎样,是否漂亮?继而又担心他们以后能否继续健康成长,学习、智力发展怎样……跟着孩子渐长大了,除了上述诸如此类的问题外,更替他们未来的学业、事业、婚姻的关口能否闯越,过程是否顺利而事事操心着。

错觉之下,使人觉得生孩子是否等于自讨苦吃,所以现代的年轻夫妇也不愿多生小孩,亦是仅生一个即止。他们不喜欢有孩子,主要是怕孩子顽皮、吵闹。现今的人动不动谈论养大一个孩子需储备四五百万港币那么多,其实只是一个借口而已。若真是这样,那时我们根本也没有资格生孩子了,更何况是四个,"船到桥头自然直",也不用计划得那么多吧!

我想他们不敢生孩子，主因是不喜欢小孩子，其次是对自己带孩子的能力缺乏信心，也不想生了孩子之后受孩子捆绑，怕失去了自由。不过想深一层，若人人都有这种自私的想法，都不想有下一代，那人类不久也将会灭亡了。想想也觉恐怖，此观念真的要不得！

其实，当你投入孩子的思想世界里，你会发现养育孩子的过程是颇为有趣的，孩子也是一个家庭快乐幸福的源头。彬，想你也记得吧，美璐在《珍收百味集》中有一幅是描画我们居住在美善同道的插图，画中是我们一家人的平淡家庭生活写照——图中有两个孩子乖乖地在桌上做功课和读书，大女儿则自得其乐地在钢琴前练琴，我刚弄好晚饭等你回家，见你提着沉重手提包入门的时候，神情虽疲倦，仍不忘带回一盒蛋挞给孩子们分享。甫入门便看见刚学会走路的小儿子，像知道父亲工作辛苦，记挂着父亲，早早拿着父亲的拖鞋在等着，看见父亲入门，便欢快地跑到门前迎接你。我想，你那时一定很高兴，一日辛劳也会随之而自动消失吧？画中意境多写实、多细腻、多有意思，家庭之乐描绘得多温馨！可以说，孩子是维系夫妻间感情的纽带。

真的，没有孩子的家庭，家中静悄悄的，缺乏生气。夫妻间相对日子久了，日日如是，虽是恩爱夫妻，日久话题也会渐减，家庭生活相形枯燥，长久之下，势必影响夫妇感情。可以说，一个幸福的家庭，靠孩子来维系是很重要的。有了孩子，才可说是一个完整的家。

言归正传，虽说父母对子女的付出是永无止境的，我个人认为孩子成长过程中，人生路向成功与否，除了父母在他们身上付出无限精神及金钱外，还要靠他们自己的努力争取及后天的运气，得天时、地利、人和的际遇融合方可造就，所以父母们真用不着替他们事事做安排，也不用过分忧虑。事实上他们已长大了，父母亦不能替他们解决每件事。而子女亦不会完全接受你的安排，未来的展望，学业、事业、婚姻……也只能随缘了！成败得失，那得看他们自己的选择、际遇和造化了。

我相信父母能做到的事，除了使他们有健康的体格、良好的教养外，最重要的是注重他们的学业问题。他们小时像白纸一张，什么也不懂，父母当然要慎重地在旁加以提示，尽可能供他们多读点书，多让他们认识外面世界，以期学有所用。务求替他们找得一门最贴身而掉不去的随身技能，这当比后期父母辞世后金钱的多多遗赠更为实用、更为有价值了。

彬，这个观念，我们两人是一致的，所以不论在任何环境，生活怎样艰难困苦，我们仍是尽可能地就孩子们的性格喜好要他们多读点书，希望孩子们在学习过程中多增长些见识，从中获得一技之长以作日后傍身之用。

供孩子读书的事已是陈年往事了，事情也过去了很久，他们也算幸运地各自寻找到适合自己的事业。现今回想起来，美璐、崇修他们在英国读书的日子里，小小年纪便要他们离家到外国读书，自己又不能就近照顾，除了担心他们远离亲人不习惯、孤独、寂寞、日子难过，更惊怕他们一时交友不慎而学坏。其中对儿女的种种牵挂、忐忑不安心情、满腹辛酸，真不足为外人道，就是现在我仍是一样分辨不清楚，当时的做法是对还是错。

　　●画中意境多写实、多细腻、多有意思，家庭之乐描绘得多温馨！可以说，孩子是维系夫妻间感情的纽带。

最近重新看你收藏的一大捆美璐在英国读书时寄回家的书信，除了初到外国时有些兴奋，其后在信中不时地诉说着她孤身一人，身处远地就读的思家、孤独、寂寞、无助、彷徨、苦闷、不习惯异地生活……凄凄惨惨而屡想回家，那种离家不安情绪跃然纸上，至今仍令我看得心酸难过。没办法啊！那时经济上真的不能负担高昂机票的支出，让她假期经常回家。若让她真的重回香港就读，她将来的前途又会怎样？回想起来，我俩真的非常残忍，也不知当时心情怎样熬过。

　　我们的四个孩子，崇尹、美璇、崇修在香港的环境读书，相信绝对没有问题。美璐偏好音乐和美术，这些都是被香港视为闲科的科目，是不受重视的，我们害怕她将来在香港不能登入大学之门槛，也不想埋没她本身才华。思量之下，只好及早送她到外国读书，希望外国注重的科目比较全面，在新的读书环境下，让她有发展空间，冀能发挥所长。刚好学校教职员送子女到英国读中学有部分教育津贴，可以补助一部分学费，剩余学费自己也算勉强负担得起，于是忍痛在她十五岁那年便提早送她去英国念书。初时她很是高兴，也是她梦寐以求的，可惜不久之后，在异地的种族隔阂下，思家、孤独、寂寞令她开始不适应，周围不熟悉的环境压迫令她熬不过来。想想也觉心痛，多残忍啊！

　　至于崇修也去了英国读书，那是偶然的。你想崇修能提早适应外国的学习科目及社会生活环境，所以在他刚满十四岁时便把他也送去英国了。老实说，我真的不愿意，也埋怨过你，怎么把子女一个一个都送去外国了？虽然姐姐同在英国，但也是分居两地，亦不能就近照顾，毕竟儿子太小了，怎放心？我知你做的一切都是为他们好，所有的一切都是替他们设想，你也是极不舍得的！但你对他们的爱那么冷静，设想得那么深，处处替他们的未来前途着想。关于子女学业问题，一向都是你做主的，我拗不过你，不过这点我可没有你那么豁达、那么有远见！我是一个母亲，心肠始终硬不起来，直到现在，我想起来心仍是痛着。

记得去年，荣开夫妇曾问过我一个问题，问我当时儿女那么小，送出国外读书可有不舍得？我们的心情怎么样？当时那段时间是怎样熬过？一时之间，我也真不知怎样回答。老实说，直到现在我还是一样不知怎样回答，那种心情真的太矛盾了！实在不知自己当时的决定对不对。我想，他们也许想把女儿送往外国读书吧？取舍两难之间固有此询问吧。当然，现在环境不同，通信方便，在 Facebook 电邮中也可随时见面，他们现时的经济环境亦较我们当日宽裕些，女儿每个假期都可以回家跟家人相聚，情况确比美璐那时只靠书信传递好得多。但女儿正当成长时期，孤身一人在远地，父母哪能不挂心。倘若母亲爱女心切，要陪伴女儿左右，与丈夫长时间分隔两地，那种情况我也是见得多了，也经历过，长久如此，对夫妻感情定有坏影响，实非好办法。我是绝不认同的，也许你亦同意我的想法吧。

想得太多了，还是说回我们四个孩子的事吧。彬，很奇怪，我这个人一向自知是最不适应外国生活，是很难投入外国人的社会，但我们的四个孩子却偏偏一个一个都往外国跑，这可能是我的宿命吧？否则我后期也绝对不会答应你去美国居住，离开居住

　　●一个幸福的家庭，靠孩子的维系是很重要的。有了孩子的家，才可说是一个完整的家。

●我们对儿女一视同仁、毫无偏差，能帮助的、能做到的我们一定会做，谁教自己是他们的父母啊——总希望孩子们都有一个幸福的未来吧！

了近一辈子也舍不得离开的香港!

我们原意只想送美璐去英国念书,目的是为她的前途发展着想,后崇修亦被送往英国读书。更料想不到,美璇因性好清静,心仪德国的恬静生活,在中文大学主修英文、副修德文时,因屡得德文老师称赞,所以,刚毕业就要求我们送她去德国修读德文,这是她"少有的意愿"。为尊重她,我们也让她自行决定而去了德国,在菲尔堡学校继续修读她的德文了。

至于崇尹在中大硕士毕业后,因此系当时并无博士学位可以继续修读,你的意愿想让他继续完成博士学位,最后让他自己在美国申请适当学校,也去了美国洛杉矶的南加州大学深造。

就这样,四个儿女一个一个地都跑去外国读书,亦都一个一个地留在外国生活了。至于后期之变化,崇尹转往摄影学院拟专心学习摄影,这是他极有兴趣的科目。他想跟姐姐一样,冀走艺术路线。你不想让他感到父母厚此薄彼,亦考虑到他日后会否因达不到愿望而留下遗憾,因此顺他的意愿也同意了,这当然不是你所预料,亦非你原意安排。

无论怎样说,我们送子女到外国读书,一心只是为孩子的前途着想,亦尽可能地投合他们本身喜好特长,祈望他们能有一技傍身之用而已。总之,我们对儿女一视同仁,毫无偏差,能帮助的、能做到的我们一定会做,谁教自己是他们的父母啊——总希望孩子们都有一个幸福的未来吧!

儿女是母亲身上掉下的一块肉,血肉相连,原是一体的,是自己生命的延续,也是自己未来的希望。我想,天下的父母总希望自己的子女一代比一代好吧!父母对儿女的爱是无微不至的，是永无休止的！但愿天下的儿女也一样疼爱自己的父母，多了解点父母对儿女的一片苦心，体谅父母，好好地珍惜他们。

看美璐的旧信有感，就此搁笔，下次再跟你聊吧。

淑珍
二〇一七年七月三十日
新泽西州

## ●第 17 封信
### ○大酒店与奖学金

彬：

当你看到我写的标题时是否觉得很诧异？老婆是否真的傻了？脑子是否有问题？脑退化的病是否严重了？"大酒店与奖学金"二者截然不同的事，怎会混为一谈？

不要担心，我的脑筋暂时仍很清楚，还不至到混乱不清的地步，反而期望在现时脑筋思维尚算清楚及仍会计算的日子里，更着意地替自己想想，是否应该好好地计划一下，看看能否有机会再达成我们两年前尚未完成的另一半捐助奖学金的愿望而已。

你还记得吧，二〇一五年，我们本意原拟定捐助四百万港币给中大新亚书院，历史系、文学系各占一半。遗憾的是这年四月份开始，恒生指数突然急跌，市场上所有股票都急速下滑，我手上持有的股票市值亦损失不少，结果只能酌量沽出一半，以作为奖学金捐款，余下的也留给我俩作日后医疗保险的费用。至于取出的二百万港币，只能全数捐给历史系，因新亚书院历史系的捐款事实上真的太少了！未能完成的任务，现在我仍是耿耿于怀。

老实说，这笔庞大资金（我认为是不少），我也不知怎样筹措，我不能把我俩留作日后医疗的后备款项全部用去，万一意外地有大笔医疗费用需要支出，儿女就会措手不及了，而我亦从没有出外赚钱的本事。虽是如此，但我一直也没有放弃。若真想达成这个愿望，我得好好想想办法了，也希望好梦成真并不只是一个梦想。

二〇一五年股票市场，中途不幸"夭折了"的牛市，今年像有复苏迹象，我们余下跌至二百万不到的股票市值也倍增了。凭数十年股票市场的经验及我对股票的认知能力，我感觉现时的股票市场好像承接上一次未完的牛市，已开始进入牛市第三期了，股票市场上的大时代又要来临！这一次我真要小心处理，好好把握这个大时代的升市了。

金钱上的投资，一向以来你并不专注投入，也很少参与，多谢你对我这方面的信任，投资上通常都是我出的主意。我没有其他赚钱的本事，股票方面还算略有心得，我对不熟悉的股票从来是不会随便买入的。回想我在二〇一一年移居美国时，若顺势把带来的资金全数买入美国的股票，在近日美股屡创新高下资金应已是倍增了。却因对美国的股票全不熟悉，虽身处美国买的仍是香港股票，仍是"隔山买牛"地投资在香港熟悉的股票中。虽然说现在赚取美股升幅的机会已错过，但我并没有后悔"不熟不做"的做法，我相信在美国股票连日节节攀升的带领下，投资者渐会发觉香港及内地的股票相对偏低，而资金亦一定会转移的，到那时，香港恒生指数一定会创出新高，一定也会创出高过二〇〇七年三万一千九百五十八点的高位！

移居美国已经把我以往的投机心态完全改变了，年纪大了，也承受不了股票衍生产品患得患失的急功近利的心理压力，改而持优质而价格偏低的股票做长线投资。有幸二〇一五年一直持有的"兖州煤"现今股值也倍增了，这是十分难得的一件事，我得好好分配，重新考虑投资金额的妥善安排和自己所拟定的目标了，希望有机会再继续设立奖学金这件梦想中的事。

说到这里，或许你开始明白我写"大酒店与奖学金"的相关意义了。不错！我把股价涨幅超过一倍的"兖州煤"的股份沽售了一半，把资金转投在"大酒店"股票的股份中，希望能借着它偏低股价倍升，帮助我完成设立文学系奖学金的心愿。很奇怪吧？众多的股票中，为什么我偏偏选中"大酒店"这只股票？它能脱颖而出的原因，或许除了它是我最早期认识的股票情结作祟外，事实上对它也太熟悉了！

在美国买卖香港的股票，是由美国股票市场上另一类证券公司代理，也不是每一只香港股票都有上市买卖，是经他们拣选后，才可正式合法在市场上做买卖交易的，主要是赚取买卖价格差价，所以买卖价位往往差距很大，若经常不停地买卖转换，就不大划算了。因此，我只能慎重选择买入某一类股票，作为长线投资。今次我选择了"大酒店"股份，也是很偶然的，或许我真的要很耐心去等待了，期待它苏醒后恢复合理股值。

触动我做这个决定，是偶然看到 iPad 的 YouTube 报道香港经济消息，有关大手笔买入香港"大酒店"股份的报道：其一，是信和置业旗下的信和酒店主席黄志祥增持七千八百四十万港币，占"大酒店"股票股份的百分之五。其二，具有中资背景的太和控股主席蔡华波，也增持"大酒店"股份至百分之十一点七九，他们不约而同地在市场大手笔吸纳，想必有因，真值得细心研究了。

说真的，"大酒店"的大股东米高·嘉道理手中的持股量超过股权的半数，相信任何人也不能有机会恶意收购，除非他们股权已有变动或本身无意经营才会有所改变，否则他们控股权的地位怎样也不会动摇。

记得在一九七三年至一九七四年期间，恒生指数由一千七百点跌至一百五十点那一役，我已认识"大酒店"的股票，知它是与怡和齐名的外资经营机构。一九七四年我初涉股票，当时恒生指数仅是四百多点时，它的股价已经与怡和同价，常徘徊于十五元左右，已是大价股值的股票，股价之高，非一般散户能随意购买。想不到时隔四十多年后的今日，恒生指数已升至近两万八千点，物业市价强劲提升下也不知涨升多少倍，但"大酒店"的股价仍是如前一般没有寸进，也难怪行家们垂涎染指，看来嘉道理家族成员真的要振作起来加把劲了。

最近文华酒店旗下铜锣湾的怡东酒店放盘出售，估值也要三百亿港币，且传已迅获洽购，其中也包括中资企业。如此看来"大酒店"股票的全部物业估值，更是非同小可，真的估计下当属天文数字了。

"大酒店"股票的物业、业务遍布世界各地，各处经营的酒店，像香港半岛酒店一样的不下十间，都是位于黄金地段的超级豪华大酒店。

"大酒店"的全部股数约有二十亿股，以它现在的股价十四

●买入"大酒店"的股份，期望把盈利所得款项捐赠中大新亚书院文学系作为奖学金，是我们多年来共同的愿望和目标。

港币左右计算，全部市值仅约二百三十亿港币，只是一间香港的半岛酒店已远超此股值了。我相信半岛酒店的估值一定比怡东酒店的估值还高吧（不论怡东酒店能否售出），所以"大酒店"的股价，遍布各地物业的真正价值，真的远远超过股票账面价格多倍了。

我并不是一个喜欢随意跟风的人，这方面的决定，纯以我对"大酒店"的认识，及对现时物业价格提升下，股价与物业真正价值真的相距太大了，股票股价相对也太偏低了。若大股东仍不思进取，不做改善，仍无心经营的话，以蔡华波等人入股事件来看，当有后着儿，且拭目以待。

八月，"大酒店"的二〇一七年中期业绩公布了，盈利虽说稍有改善，但中期派息每股只得四分，可说少得可怜，相应地，股价也由十七元跌至十三元了，正好给对此股有信心的人再度低价买入创造机会。

我手上持有的"大酒店"股份，也跌了近一成了，不过我认为是绝对没有大问题的。如此偏低的股价，处于高昂物业市道，不久之后，它终会有正面反应，股价一定会随着物业市价，重新调整而节节上升的。若短期没有特别变化或投机不成，我考虑把它改变为长线投资，作为一只股价偏低的地产股看待，也属不错的选择。

彬，若我真能目睹着它有上升的那一刻，我再给你写有关"大酒店与奖学金"的第二封信，告诉你我将会怎样做。

我这种做法，想你也是乐于听闻吧。就此搁笔，希望很快你会收到我的第二封信！更希望这不是一个梦！

下次再聊吧，祝好！

**淑珍**
**二〇一七年（丁酉年）八月八日**
**新泽西州**

## ●第18封信
### ○设得兰群岛与爱丁堡之行

彬:

　　设得兰群岛（Shetland Isles）是苏格兰北冰洋南部集合的一些小岛。二〇一七年八月十五日星期二，是我第二次去设得兰群岛探访美璐。她居住偏远，若没有崇修的带领，我根本不懂得如何去。两个女儿皆嫁给外国人，远居异地，世界虽云全球一体化，交通处处皆可到达，但在语言不通、老人行动迟缓之下，往返绝不容易，因而有感像古代人的女儿嫁到塞外，有"昭君出塞"回家困难之叹！

　　美璐结婚后一直在英国居住，初居于近伦敦的市区，来往尚较易，其后因女婿沙佛喜爱设得兰群岛的生活环境，恍如陶渊明笔下《桃花源记》中郊野山区舒适的自然生活，于外孙女明明两岁后便迁居于此地，也居住近十五年了。他们偶尔回港探望我们，而我们十多年也没有到过他们那里。老实说，路途太遥远了，交通工具转换频频，没有儿女的带领，我们真不敢自行前往。

　　记得二〇一一年十月，是我俩千里迢迢第一次到访她家。我们第一程是先去德国探访美璇后，再由美璇带领着我们探访姐姐，听她说她是第二次造访。

　　你是喜欢把 Shetland 这地方的名字改译为"沙伦"，这岛经年也是不停地吹着强风，所以你把它也叫作"风之岛"，都是很贴切的名字。你很羡慕当地人的恬静生活，更欣赏当地人纯朴深厚的人情味。那时你虽已手持着拐杖缓慢而行，仍是两人相伴同往，现在却只得我形单影只地跟随着崇修他们了。崇修一家十五年来第一次到访姐姐家，尤其是活跃的小圆元，更觉事事好奇，兴奋不已。

起程那天，崇修一家人乘坐联合航空直飞爱丁堡机场，然后在候机楼等候了两个多小时，再搭乘直航飞往设得兰群岛——一架大约只可乘载四十位旅客的小型飞机。圆元很奇怪，他们说从没乘坐过这样少人的飞机。飞行时间大概一小时三十分钟便到达该地机场，崇修说这是去美璐处最快捷的方法，落机后由崇修驾驶着出租车直接由机场去大岛了（是该群岛市区的中心）。到大岛超市买了一些应用食物后已时近黄昏，在当地吃过晚饭后即赶赴码头搭乘最后一班轮船，二十分钟的时间，已到达美璐居住的小岛了。这样不停地自行驾车前往，到美璐家已入夜了，幸亏夏令时间，天色只是微觉昏暗，也无碍崇修开车。

想不到在如此快速转接交通工具及天气毫无阻碍下，到达时间也超过一日。

跟崇修他们此行，主要目的是跟随他们前往探访美璐，我相信我会是最后一次探访她了。你是知道的，一向以来，我都是不热衷于到各处走动的，尤其是在外国。我到过的地方很快也会在印象中消失，所以高昂的旅费对我来说真有点浪费，我到各处去只是"陪太子读书"而已。

相对地，你对各地的环境都会觉得很有兴趣，尤其是对历史上文物和民生情况的问题，更是兴趣盎然的，可能是你研究历史学者的本色吧。上一次和你一同去美璐那里，整整一个月，我跟随着你们这处去、那处去的，也探访过多家当地居民，所以我们跟他们也颇为熟络。

这一次和崇修去美璐处只是短短一星期，时间较匆忙，他们想去的地方却很多，我没有跟随他们到处去了。行动缓慢的我，与他们一起走动根本追不上他们的步伐，也不想让他们故意放慢节奏来就着我，阻碍他们有限的停留时间，所以我宁可多留守在美璐家里，反正很多地方我也去过了，看不看亦无所谓。

二〇一七年八月二十四日我们离开设得兰群岛了，我们这一程是去爱丁堡，美璐也跟着去。她两个月前便预租了一层靠近市区的民房宿舍，那处步行或搭乘出租车出入都很方便。三日后，美璇、"来路虾"、孙女德雅他们三人也从德国来此处和我们会合。

爱丁堡这个国际大城市，我是第二次来。记得第一次是我们两人和崇尹去英国参加完崇修毕业典礼后，由崇尹驾车一同前往，除我们四人外，蔚青也跟着一起去，算来也有二十五年了。

岁月消逝下，我除了对参观著名的古堡尚有些微记忆外，其他的我已记不清楚。

这次我们没有入古堡内参观，只在街道上行走时遥远地观望，因住所就近旺区，商铺林立，各类食肆随处可见，出外行走极为方便。不过我也只是在附近逛逛，大部分时间我还是喜欢独自留在住宿处，远的地方都是他们各自找寻，去的都是他们有兴趣或孩子适合的景点。换了是你，你一定会很忙碌的，更分身不暇地不知应跟谁出去走动。而我也一定像以往一样跟随在你左右"陪太子读书"了。

明明学校参加的乐团表演刚巧也在附近，我们到的时候，他

●玩得正兴高采烈的圆元，想到明天一早便要离开此地，小小年纪的她，竟会依依不舍……

●你喜欢把 Shetland 这地方的名字改译为"沙伦"，这岛经年不停地吹着强风，所以你把它也叫作"风之岛"，都是很贴切的名字。

们乐队是最后的两晚演出，美璐凑巧能购得一门票到现场观看女儿的演奏。三日后演奏会表演完毕，明明便跟随乐队回学校了。回学校前三日的上午，明明都来与我们在一起，美璇一家到来时，她已跟乐队回学校了，两个表姐妹先后而至，可惜却因时间不就而相遇不到。

今天是停留在爱丁堡的最后一天，大清早他们仍各自安排节目，去餐馆食早餐的去食早餐，孩子去游乐场的去游乐场，去海滩的去海滩，各适其适，不亦乐乎。很多时美璐也和我留在住处，大家只约定何时回家同去何处吃晚饭，晚膳后要收拾行李了，明天一大早便要各自准备回家，这一个暑假旅程也告结束了。

玩得正兴高采烈的圆元，想到明天一早便要离开此地和大家分别了，小小年纪的她，竟会依依不舍地惆怅起来！

好了，就此搁笔，回家后再跟你通信吧，祝好！

**淑珍**
**二〇一七年八月三十日**
**爱丁堡**

## ●第 19 封信
## ○股票篇


彬：

又来跟你谈谈近期股市的事了，不要过早高兴，我不是与你说"大酒店"股票的事。它现在平静如水地潜伏着，若它有任何异动突变的话，我才写信告诉你。现在，我与你只是说说近日股票市场上的走势动向而已。虽然你对股票的波动起伏并不熟悉，也没有深入研究，但我认为你也是很乐意地听我逐一分析，给我精神上一种支持。

今年股票市场总令人觉得阴阳怪气的，史无前例地从二〇一七年一月至现在，恒生指数由两万两千点连升八个月，快到达二〇一五年的高位两万八千五百六十七点了。我可说从未经历过如此长时间的上升市，可惜这八个月的升市，恒指只是每一段每一段缓慢上行，股民直到现今仍弄不清楚它。是否处于牛市，能否再继续上升。也不相信这次的上升市可以保持得那样长久。在这种情况，如此忐忑心态下，想在股票市场上赚钱当然并不容易了。

而且上升的股票多是集中于恒指成分高的，例如腾讯、数种科网科技股或与内地政策"一带一路"有关的股票上，高处不胜寒，升得多的股票，股民也不敢随便放心投入，怕一下子投错方向，接了高价货，更易招致损失。最难受的是以前买下的股票，却偏不见上升仍被捆绑着动弹不得。

所以虽是连升多月的股市，也不见股民有多受惠，他们只是患得患失地期待着，一方面等待着自己手上的股票是否可以松绑，另一方面又矛盾地期待着连升多月的股市下跌，才敢再投入市场，如此矛盾心态，纯属股票市场上牛市二期的走势表现。

记得二〇〇七年恒指升至三万一千九百五十八点的大牛市后，跟着便节节回调下跌至二〇〇八年的一万零五百六十七点，很不容易地在二〇一五年再慢慢重上两万八千五百多点，本期待它能超越二〇〇七年的恒指高峰后可以沽清，怎料事与愿违，就在我们预期沽售股票作奖学金捐款期间，股票市场突然急速下跌，最后只能完成一半捐助款项。我错误地认为已转入下跌的周期，只是奇怪股市的上升轨迹竟然改变了。这一次牛市大升浪，恒生指数竟然不像以前突破二〇〇七年的历史高峰。

真是"经一事，长一智"，股市上升的轨迹并没有改变，只是我未见过一个牛市的二期，竟然可以由二〇一五年的恒指高位两万八千五百八十八点，不到半年直线下泻跌至一万八千五百点，足足调整了一万多点，直到今天长达两年时间指数仍在牛市二期的上下徘徊。

今日的股市，正是不断反复地在恒指两万八千点高峰上下移动，各路财经专家不断议论纷纷，有说已是见顶停滞不前，牛市结束了；有说连升多月的股市，将要回落调整了；有说股市快超越前高位，进入牛市第三期的大时代了。总之众说纷纭，后果如何，当拭目以待。

邓普顿的股票名句："牛市是在一片悲观中诞生，在怀疑中成长，在乐观中成熟，以及在亢奋中衰老，步入死亡，熊市诞生而不知。"邱永汉的股票投资理论："投资就是做没有人在做的事，投资股票，需要百分之十的知识和百分之九十的忍耐，而借钱买股票是投资大忌。投资的金句是'投资的报酬，是忍耐的报酬'。"我得修正邱永汉的股票投资理论，应该是百分之五十的知识及忍耐，百分之五十是看投资者的运气，没有运气做什么都不对，做对的可能也会变错。我认为一个成功的投资者，除了正确的知识外，运气亦是十分重要的。

我也很认同邓普顿的说法，真的，牛市往往在股民对前景一片悲观中静悄悄地萌芽，也在股民意识中最黑暗的时候诞生了，之后进入一个漫长充满怀疑的环境中成长，这就是所谓"牛二"了，就像现在股民对目前的状况一样。从我四十多年股海浮沉的经验总结中所见确是如此，更是屡试不爽。话虽如此，一时也真很难分辨。

我也预料调整了超过两年的牛市第二期，将在乐观中成熟，快步入亢奋中牛市第三期的股市大时代了，那时恒指一定超越二〇〇七年的高峰，股民将情绪高亢，毫不理会结果，也不会计较股价是否偏高了，正如现在的楼市一样。

正因如此，我相信现时股民仍处于怀疑阶段，犹疑不前，股票成交量仍未见畅旺，加上很多股票市盈率及一般股票价格尚属偏低的情况下，股市仍处于第二期牛市末段，怎样说也未到全民皆股的疯狂大时代。直到现今为止，我见过的股票市场走势，每一次牛市的高峰，最后恒生指数一定都是超越上一次大时代的最高指数的。推想之下，今次股票市场大时代的高峰，应尚未出现，是否期待明天，真要拭目以待！

由二〇〇七年至今年的二〇一七年，刚好十年了，所谓股市十年一个循环，经历了深度而漫长的二期牛市调整期，现在它又像静悄悄上下反复，已快重越二〇一五年恒指的两万八千五百点高位了，若无重大冲击，我想恒生指数很快将会超越上次高点，进而更会升破二〇〇七年恒指三万一千九百五十八点历史高峰而展开另一个大时代的升浪。

当然，说得轻松，像很易做，若真是这样容易，股民都富有了，也不用患得患失或如痴如醉地心存侥幸唯恐看走眼了。可以预料，当一个大时代的来临，无论"投机"或"投资"，股票的"牛市"或"熊市"，股坛上的光怪陆离，实因"人性贪婪而上升"或"人心恐惧而下跌"，纯是人性的考验，股票的盛衰荣辱皆是如此，屡见不鲜。

"当局者迷"，现时我说来像头头是道，像很有真知灼见，也难保在日后贪胜不知输赢下，或运气未就，会做错任何决定。彬，到那时你得在旁暗中提点帮助我了。现在我只能遵循邱永汉的股票投资理论，要有百分之九十的耐心等待了。真希望这次我没选错股票，及对股市的走势没有观察错误，也希望借此可以再圆我俩未圆的心愿——筹措捐助新亚书院中文系的奖学金捐款。祝我好运吧！

就此搁笔了，下次再聊吧。

**淑珍**
**二〇一七年九月八日**
**新泽西州**

# ●第 20 封信
## ○周年祭奠

彬：

今日是你离开一周年的日子了，你的墓碑刚巧在我们去爱丁堡旅游期间造好了。因是特别挑选的黑色花岗岩石，碑上所有文字都是刻后粘上金箔，很花时间的。加上冬天及初春期间新泽西州经常下雪，也难怪近一年的时间，墓碑迟迟未见完成。

彬，我知道你今天一定很期待地早早在墓前等着我们了。因我早已和你约定，今日我们会来见你，看看你新造好的墓碑怎样，也知道在你这个大日子当中，爸爸和阿娘也一定与你同在一起等我们。璐璐、崇尹和美璇若不是居住得太偏远，今日也一定会到这里来见你的，没办法了！现在只能等待他们各人下次到美国探望弟弟时才可亲来见你。

今日，除了崇修带来一大束玫瑰花送给你之外，我更带来很多你喜欢的食物，知道你一定会约同父母在一起，所以食物中有阿娘最喜欢食的白切鸡，有爸爸喜欢食的蚝油腐皮卷，有你们客家人最喜欢食的梅菜扣肉。你说我做的梅菜扣肉你是最喜欢食的，是外面饭馆吃不到的味道，我也答应你每年只做一次给你吃，因太肥腻了，不宜多吃。也有你喜爱的椒盐煎大虾及不常给你吃的各式甜品。

除了食物祭品之外，我还焚烧了很多金银纸钱给你，这样你也可分送一些给先人享用。有一套蔚蓝色的新西装是我送给你的，你平日最喜欢这类衣服。还有，请你代我送上一份四季衣服的礼包给爸爸，每件衣服的风格也挺适合他，是一些绅士款式的衣服，我想他一定会欢喜的。也请代送上阿娘一份四季衣裳的礼包，是数件带有贵气较时尚的衣服。与爸爸在一起，阿娘的穿戴要时髦趋时一些了。其中有一份是整盒的黄金礼包，你可用来送给母亲，阿娘生前最喜欢把储蓄的款项都用来买金饰收藏，你可用来送给她，让她高兴高兴好了。我不知焚烧这些物品是否有用，是否真能收到，那不重要。总之，阿娘生前她相信的我就相信，她喜欢的我就做，从不会逆她的意。不论怎样，这样做只是表达我一点心意而已。

还有数张影印照片：

一、《珍收百味集》提名参加第一届香港出版双年奖的图文书得奖的奖状，我影印了一份焚烧送给你看。是我母女两人送给你一份难得的礼物。

二、美璐今年在天地图书出版的第一本中文图书《往食只能回味》反应热烈，赞好的报馆书评我影印了并焚烧送给你看。

三、也焚烧了一张我们去爱丁堡旅行时一起食晚饭的照片，家人团聚一起的浓厚气氛是近期难得一见的事情了。我相信你对这些图片是乐于见闻，也是极喜欢见到的，是不是？

彬，也来说说我们两人的墓碑吧。虽然碑上现时仍没有刻上我的名字，但在幻觉中，我的名字也仿若一起给刻上了。碑上的文字也是你早已拟定，一早写下碑文的方式给崇修收藏好，交代他若你走后墓碑要怎样怎样造。也好，这样一来，崇修便不用再花心思替你拟立，更不会担心不合你的心意了。遗憾的只是立墓碑子孙名字一栏，则不能依你早期的意思写上个别名字了，因子孙名字多，亦不便逐一写上，现在总括以"众子孙敬立"一项以代替，这点你也是早知道而同意的。

彬，这墓碑造得真的很好，我和崇修都觉得很满意，相信一向爱挑剔的你也当无异议而同意吧。这块厚厚的黑花岗岩石真挑选得不错，打磨得整块平滑、毫无瑕疵，字体虽是计算机版字，也雕刻得字字稳重有力。整块晶莹漆黑的花岗岩石上，我不愿意在两旁雕刻上太多花巧形象的图案，徒破坏石面美观，只着意依你吩咐，单独雕刻上握要的生卒年月日及你的名字而已，这样整个墓碑看来更觉清秀了，纯黑的碑石配上黄金色的字更觉得好看。

我们两人的墓地，位于新泽西州面向大西洋的华人墓地春晖园，而处于整个墓园前排中的正中，位置可算挑选得不错，加上碑石颜色特别显眼，与众不同，相比之下更觉瞩目了。我们这次来祭奠，很奇怪，我忽然有一种仿若当年你祖父芳圃公在家乡兴建祖屋新苏村新屋落成后盛大宴请入伙酒的感觉，春晖园的新居也俨如乡中大屋般辉煌了。

当我一踏足春晖园，远远便看到一座与众不同的漆黑大碑石竖立在整个墓园正中，一望之下，真觉有王者之风，气宇非凡的气派，也难怪崇修对此甚感满意，感到支付父亲的大笔丧殓费用是值得的——父亲也一定会非常高兴！

而我却认为，整个完美无瑕的平滑漆黑大碑石上，另一边却偏偏留了一大片空位，总觉得左右不对称，怎样看也是一个空缺位置，更是一种遗憾，若能在"苏公讳庆彬大人之墓"的另一旁再加上"苏母字淑珍太夫人之墓"的话，整个墓碑就好看得多、相称得多了，就更为工整、更为完美了！

彬，你说是吗？这一天你一定会看到的！

好了，不说了，就此搁笔，下次再聊吧。

淑珍
二〇一七年九月九日晚（周年忌日）
新泽西州

## ●第21封信
## ○回馈篇

彬：

九月初，新亚书院黄乃正院长寄来的一封书函，是报道关于我们捐助"苏庆彬教授新亚书院历史学系奖学金"的事，经二次会议甄选后，已按章则选择了二〇一六／二〇一七学年四位合适者，并于二〇一七学年，正式开始颁发给每名受奖学生港币两万元整，并随函附上领受奖学金学生的四封致谢书函。

彬，今次领受奖学金的四位学生，是学校依照我们原先安排二、三、四及四年级应届毕业历史系各级成绩最优异的四位学生，分别是张思婷（历史／二）、刘碧欣（历史／三）、张文谦（历史／四）及今年刚毕业的李显华（历史／四），他们四位都写信向我致以无限感谢，及表达他们今后读书想走的路向。李显华说他常参考阅读你的著作，并深受你研究方法影响，冀能终生受用。我想，他毕业后也会继续读书的，当然，这也是你着意设立大四毕业学生领受这项奖学金的本意吧！

彬，你知道吗？当我阅读着四位领奖学生的致谢书函时，心中真有一种莫名的感动及喜悦，我想你也会一样。其实能帮助别人，自己也挺开心的，并不一定是生活得富有才可做出捐赠。

想起单增多老师当日在新亚夜校劝我转读日校中学，并答应每月资助我十港币补助学费（那时已相当于我们现在每年资助奖学金的金额），我才得以顺利读书。她当时亦只是桂林街新亚书

●二〇一七年九月，新亚书院黄乃正院长寄来一封书函，是四位领受"苏庆彬教授新亚书院历史学系奖学金"的学生名单及他们的致谢书函。

●二〇一五年我们回香港参加新亚书院六十六周年院庆茶叙，在茶会中与特意来参加的校友拍照留念。

院时期的一位领受奖学金资助就读的穷苦学生，对我竟能如此关怀及支持，令我铭记于心。今有幸能借此回馈母校，聊以向单老师致以深切的谢意而已。

两年前你知道身罹恶疾时，预立下遗书，说你走后留下之财物尽数予我。感于当日若无新亚书院，亦无新亚夜校的成立，自无你我两人的相遇，亦无今日之有缘结合，故建议你在有生之年把一部分财资捐作新亚书院奖学金之用，一则可回报单老师对我资助之恩义，更可以答谢新亚书院诸位已故恩师多年来对你的关怀、教诲。此提议你也认为非常有意义而同意了，并以你的名义，在新亚书院历史学系中设立数项奖学金基金，借以回馈母校，虽是有限的资助，除可助一众成绩优异的学子外，也冀望借此可收"聚沙成塔、集腋成裘"的效应。

记得二〇一五年我们回香港参加新亚书院六十六周年院庆茶叙，在茶会中，学院举行了一个简单而隆重的捐赠奖学金及赠送《清史稿全史人名索引》一书的仪式，见你拿着支票送给黄乃正院长时，脸上充满着一种不可言喻的"回馈"喜悦心情。那一刻，我觉得什么都值得了！

不过，中国语文文学系奖学金这件事情我从没有放下，仍深深地记着。我觉得它一定会实现的，也相信日后我一定有机会可以继续完成，到那天，我定会写信告诉你。

就此搁笔，下次再聊吧。

淑珍
二〇一七年九月十九日
新泽西州

# ●第 22 封信
## ○一封旧信

彬：

你走后，这段日子我不断翻阅你我二人多年前写的旧信。这一封可说是一封很特别的信，是我一九八五年，在英国陪美璐的时候写给你的，也真佩服自己当时可以写出这样的一封信。三十多年前的信想你已记不起了，现在我照原信重抄一次给你看吧，你一定仍有兴趣看的，是吗？

## 一封旧信原文

彬：

现在是晚上六时半，璐璐吃完晚饭赶着要去蒙古餐厅上工，又有六七个小时给我静静地写信了。

这几天我刚看完《毕加索的艺术》一书（没办法，谁叫自己有一个学艺术的女儿，若不文化自己一下，到头来美丑不分，徒惹人笑话），看后总算对这位享誉国际艺坛的艺术大师有些认识。

他的成功不是偶然的，是天才加上苦练，更可以说是幸运。毕加索的艺术生命，可以说是越老越年轻，他自己从来不感觉处于巅峰状态，所以只有推前而不会后退。虽年近九十高龄的老人，仍有取之不尽、用之不竭的精力。而他的画风也经常转变以求满足自己的创作欲望，喜欢破坏传统的方法，不断追求新的表现方式，重新描绘，所以一幅幅充满生命力的作品，往往从他手里画出来。

我们一想起毕加索的画，自然便会想起那些扭扭曲曲的人像画，活像眼、耳、口、鼻、前后、左右、上下也分不清楚，甚至像胡乱涂鸦的画。其实早期毕加索的素描是很细致的，也许他在素描方面所下的苦练是没有人可以跟他比拟的。他是西班牙人，父亲是一个美术教授，从小便受了父亲影响而练有一手好素描，在他十八岁时父亲倾尽所有储蓄送儿子去巴黎深造。

其间他经过一段悲苦、寂寞、无助、伤感、冷酷、苦闷、忧郁的"蓝色时期"。到他二十五岁最艰苦的时候，他的天才幸为一富有名人赏识，渐渐有自己的基础，而画风也随之转入"玫瑰色时期"，使他悲哀与痛苦的调色盘，由凝冷的蓝色转为轻柔的粉红色，人也接受了乐观的一面，后来凭借《亚维农的少女》一画震惊艺坛，而奠立后期的立体派、综合立体派、新古典派、超现实的变形时期及四度空间……他认为一幅画只凭眼球所看到的一部分是不够的，这是说在一幅画里说一句话或只是表达一种感情是不能尽兴的，应该是整体破坏后的堆积组合，该拿走或该出现的把它变形，凝聚而变成有很多立体动态和感情。他说要经常保持情感和理智的平衡，所以他的画有画家的悲伤，同时也有乐观的一面，最重要的是有"赤子之心"。

其实，若不合时说什么都是假的，所谓"时也命也"，毕加索真是一个极幸运的人。早期他身陷困境，每日朝不保夕，食也食不饱，而接触到的一切都是那样悲痛、可怕、无奈，得不到别人赏识，久之更感到绝望、困苦、无聊，那时纵然是天才也没有用。幸而他在濒临绝境的时候得一个富人赏识，加以资助、栽培，他才能发展所长，而成为艺坛骄子。

相比来说，另一个艺坛奇才凡·高就可怜了，纵使他亦是天才横溢，但一生潦倒，在世时整辈子也卖不出三张画（死后才有人赏识，那对他又有什么用？），最后精神崩溃，在精神病院不治而死，死前还画了那幅惊世之作——《暴风雨的前夕》。听说凡·高这幅画，除他外根本没有其他人可以画出，而他死时仅四十多岁。

我想，假如他有毕加索的长寿，又有他的幸运，能尽展才华，前途当更无可限量，这真是一个艺术家的悲哀。难怪重感情的璐璐途经凡·高故乡时，竟情绪激动得放声大哭，想来真的令人难过，也使人叹息。

说了这一大堆如此高深的话，或许你会莫名其妙，又或许以为我真的痴了，不要担心，我全身连一个艺术细胞也没有（有的是铜臭味），我只是借两位艺术大师的际遇，静静分析我们的女儿美璐而已。看来，她真的具有一种艺术家的本质，有画画才能，思想上也带着一般艺术家的悲哀。她眼中看到的事，往往都是惨淡的、寂寞的、无奈的，而觉得一切都是虚幻、不实在。她思想很复杂，她需要别人的爱护，她渴望别人疼爱她，像父母对她无条件的爱，又怎能要求别人能像父母般爱她？当然是不容易的事，所以她宁愿选择孤独，但她又怕孤独，孤独往往把她压得透不过气来。她的自卑感也重得很，受不得别人轻视，也十分重视别人对她真心的赞赏，所以她失望时全世界都变得凄凄惨惨，而高兴时又劲力十足。以上的话，不知你能否听得明白？

我自己也不知在说什么了。甚至，可能连她自己也弄不清楚，她究竟想什么。

最近她很开心，每日更是不停地画画。她是很用心地去画每一张插图，导师们对她的插画都很欣赏。最近新来的一位全英国最著名的插图导师经常留意她的作品亦常跟她讨论，或许导师认为她是一个可塑之才吧。

今天我送午餐时到她的课室逛逛，看见她个人的布告板上也贴满了最近的画作，难怪导师们川流不息地来巡视她的画。有一位三年班的师姐说她的画风真有点像毕加索，我看完《毕加索的艺术》后也觉得很像，尤其是用毛笔画的单铁线画，线条简单，刚健均匀，和谐而活泼，画的风格就像璐璐暑假时画你跟修仔下棋的那一幅。

难怪老师对她赞赏得很，毕加索画这种画时已七十多岁，璐璐今年才二十二岁，能有如此表现真的不错了。有一幅刚完成的水彩画，规定要一件室内的对象混合着另一件室外对象一起画。她把自己的大提琴配上室外广场喷泉，就组合成一幅街头卖艺者的大画面，人物生动而布景和谐，极得老师们赞美。现在影印一张给你看，可惜影印后的颜色不似原来的好看，颜色竟然改变了，把蓝色变成紫色。璐璐却认为你可能不喜欢这类画。

她认为你会较喜欢她现在绘画的舞台京剧人物造型的画。我今天看见后也觉得不错，全部都是用毛笔画的，人物衣着造型漂亮，栩栩如生的动作，真亏她凭空怎想得出。她这套舞台京剧人物造型全部完成后，我也会影印一份寄给你看的。希望她的冲劲能一直保持下去，则我们做父母的虽是辛苦一点，也是值得的，

●这封信可说是一封很特别的长信，是我一九八五年在英国陪伴美璐的时候写给你的，也真佩服自己当时可以写出这样的一封信。

●美璐用毛笔画的人物栩栩如生，图中的一头牛，看看像你还是像她？

祝生活愉快！（图中的一头牛，看看像你还是像她？）

**淑珍**
**一九八五年十月十一日**
**英国**

　　彬，这是三十多年前的旧信了。我记得你当日的回信，说我这封信不像信，活像一篇阅读后的书评，还称赞我有修读文学的潜质。若论写书评或文章摘要，我可没那种本事，我只是喜欢多花心思加以想象，或许也是我的本能吧。信的前半段是看书后有感而发，后半段则纯是借题描述璐璐当时的心态及她在校学习的生活概况，让你也略知我在英国的状况而已。

　　老实说，有一个时喜时悲、阴晴不定情绪化的女儿，你不容易了解她心中想的是什么，更不知她随时会做出些什么，父母当然是很担心。尤其是面对着一个想象力丰富、感情脆弱、有艺术家气质的女儿，更不知应怎样才能帮助她。幸而这个艰难时刻也给她熬过了，她终于在自己不断努力下，年纪轻轻成为一个薄有名气的国际知名插图师，也有她自己的幸福家庭。想起我们当年的苦心，送她出外读书幸亏没有做错，今天也可算放下一桩心事了。

　　好了，就此搁笔，下次再聊吧。

**淑珍**
**二〇一七年九月二十七日**
**新泽西州**

## ●第 23 封信
## ○中秋节

彬：

　　昨日是中秋佳节了，自航天员登陆月球后，嫦娥奔月、吴刚伐桂这类古代传统神话故事已遭破灭了，但中国人对这个节日仍是特别重视的，它象征着人月两圆，除八月十五赏月外，更巧立名目地前后加上"迎月"和"追月"二日，目的是希望一家人多些时间能齐齐整整地团聚在一起。吃过晚饭后，大家便围在一起欣赏月色，分吃着各式月饼及数不清的合时水果，是很有意义的习俗。

　　记得小时候，我高兴的节日除了有"红封包"可拿的中国新年外，也是特别喜欢中秋节。家里贫穷，平日生活都是很节省的。可是每逢中秋节那天，母亲像特别富有，我家的餸菜都会很丰富，除了晚餐有平日不常吃到的各种美食外，更难得的是吃着母亲做"月饼会"送礼剩余后的月饼，及平日很少一下子买那么多的水果，饭后还可以在街上和其他孩子一起玩灯笼。灯笼虽然是我自己做的，但也够我乐一整天了。

　　与你结婚后，每逢佳节，都是与你父母、兄弟、嫂嫂、侄儿们二十多人，大家围在一起欢度大家庭聚会，这样的日子也过了很多年，算来最热闹自是爸爸和阿娘住在美孚新村的时候了。那时我们已有四个孩子了，孩子们是最喜欢玩的，他们最高兴的是吃完晚饭后，提着灯笼到花园平台上到处逛逛，我俩也跟着一起去凑热闹，熙来攘往，都是手提着花灯的孩子，情况真热闹。

后来阿娘过身了，没有了母亲的家是不完整的，美孚开始冷清清了。尤其在你休假去了英国那一年，家人在节日的时候也难到齐，往日大家庭的热闹气氛也消失了。三年后爸爸也相继而去，从此兄弟们开始各自过节日。

虽然你喜欢一家人在节日中热热闹闹地团聚在一起，但孩子已渐长大，一个一个地都跑到外国读书了，除了暑假或圣诞节可以回家外，中秋节他们通常都不会回家。节日时虽不像以往热闹，但我们两人仍是一样高高兴兴地度过。除了准备拜祭祖先的物品，你也总会要我煮些你喜欢吃的餸菜，晚上两人仍如以前一样食月饼、赏月或出外逛逛。退休后我们移居澳门，澳门的中国传统节日气氛特别浓厚，每逢佳节各处都张灯结彩，在辉煌的灯饰点缀下，每一个传统的中国节日都分外热闹。

直至移居美国后，在不同的生活文化下节日气氛自有不同，除了在中国超级市场有售卖传统节日的物品外，根本没有一点节日的气氛。在节日里我们都要准备应节食物拜祭祖先，加上一向嗜食的你，也想借此机会大吃一顿。所以，每个中国节日，应时食物总不缺，家里还是挺热闹的。可惜，这段时间极为短暂，只维持了五年光景，你便离开我们了。

彬，去年中秋节前后的那段日子，我真的不知怎样度过。今日是中秋节的翌日，我记得去年的今日你已离开我一个星期了。那一日，是五福殡仪馆替你选择好葬殓的大日子，我最后一次与你见面了，一个永远忘不掉的日子。

那天，上午十时，我们一家人提早便到达纽约市的五福殡仪馆。五福给了我们一个最大的礼堂，礼堂灵前放上你早选定的棺椁，而你则衣着整整齐齐地睡在上面，穿得活像以前你准备回学校上课的模样。所有衣物亦是你自己提早选定的，你说你喜欢这样，不过那天你却不愿起来去上课了，你太疲累了，你只是像走时一样安安静静地睡着，睡得真沉啊！

我轻轻抚摸着你冷冰冰的脸，你那张稍为瘦削了的脸庞，一点也没有改变，仍是那么宽容，那么自然安详地睡着。我轻呼着你的名字，不断叫着你，但你却只顾睡着不回应我了，或许，正如我在写《珍收百味集》时曾因被你阻拦一度中断时你对我说："你这个人，真固执……我以后再不管你了……"现在你真的不理会我了！那是我见你的最后一面啊，你怎么可以真的不回应我，真的那么忍心不理我了？

此后，阴阳相隔，世事两茫茫，我怕读苏轼《江城子·乙卯正月二十日夜记梦》忆亡妻之词：

十年生死两茫茫，不思量，自难忘。千里孤坟，无处话凄凉。纵使相逢应不识，尘满面，鬓如霜。

夜来幽梦忽还乡，小轩窗，正梳妆。相顾无言，唯有泪千行。料得年年肠断处，明月夜，短松冈。

如此哀伤之词语，道尽夫妻相思之苦，正是年年肠断处，无处话凄凉，相逢只能期于梦魂中。在梦里，亦是相顾无言唯有泪千行。日子过得多苦啊。十年的时间，真的很长啊！日子怎么过？

中秋之际，我更怕看那窗前圆月，虽说"人有悲欢离合，月

●与你结婚后，每逢佳节的大日子，都是与你父母、兄弟、嫂嫂、侄儿们二十多人，大家围在一起欢度大家庭聚会。

●我轻轻抚摸着你冷冰冰的脸，你那张稍为瘦削了的脸庞，一点也没有改变，仍是那么宽容，那么自然安详地睡着。我轻呼着你的名字，不断叫着你，但你却只顾睡着不回应我了。

幻觉中，你是爱惜地这样响应我：淑珍，生活愉快！保重啊！

有阴晴圆缺"，当这"月圆人难圆"之时，徒惹人更添伤感！"寄语明月"——但愿我俩相会也期于梦魂中吧！

彬，我越说心情越难过了，越说越伤心了，不说了，下次再聊吧。

**淑珍**
**二○一七年十月五日**
**新泽西州**

## ●第 24 封信
### ○假如可以转换

彬：

近日我经常会想一些不切实际、极无聊亦不可能实现、纯属"天方夜谭"的假想，就是"逯大嫂假如真可以走在逯耀东先生之前，而你却能依承诺地走在我之后"的想法，假使真的可以这样，逯大嫂和我的情况将完全不同了。若上天真能给我们自行选择安排的话，那多好啊！前面一句话我记得是你说的，后面那句是你走后我附和着你的意思加上的。

记得二〇一二年我们去台湾探访李广健，他带着我们去台北逯大嫂住的老人院探望她。那时的逯大嫂，家财已被歹徒骗尽了，后不慎跌倒导致左手折断，行动不便，靠坐轮椅生活。我们见她时竟连说话也模糊不清，只见她对着广健不停地说着话，并用右手不断地在指画着，我们根本听不懂她在说什么。或许广健听惯了，说她到这一刻，仍想别人替她筹措一笔近一百万台币给她做最后的一次投资，并言之凿凿地说，她很快便有倍数的回报。真不明白在那个时候，她心中怎么仍有这个想法？

翌年，广健传来逯师母辞世的消息，你得悉后不禁茫然难过，也叹息地说："她总算脱离苦海。假如她死在丈夫之前，而留下的是逯耀东，时间若可以转换的话，情况当不致落得如此结局。"若在逯先生逝世前，你这个说法我是不会认同的，也不会这样想，这得从认识他们夫妇开始说起了。

●豪情爽朗、对金钱绝不斤斤计较的逯先生（左三）与聪明睿智、心思细腻、事事兼顾的逯大嫂（右一），正是一对互相配合绝佳的恩爱夫妻。

记得一九七〇年我在九龙城的乐口福潮州菜馆食晚饭，那是我第一次见逯耀东先生。最初他给我的印象，只觉得他谈话时议论滔滔，谈笑风生，烟不离手，是一位善于交际的彪形汉子。

那时崇修还不到周岁，不客气地撒了一泡尿在他手上作见面礼了。

后来，他由台湾大学转到香港中文大学新亚书院历史系任教职，渐渐我也跟他们夫妇相熟了。他们虽没有孩子，但很喜欢小孩，所以，后来更当了崇尹兄弟及美璇的谊父母。

逯先生豪情爽朗，对金钱绝不斤斤计较，逯大嫂聪明睿智、心思细密、事事兼顾，夫妇两人正是一对互相配合绝佳的恩爱夫妻。逯先生沉潜教研、著书不辍，逯大嫂闲时学学画画、学习雕刻玉石印章，多高雅的爱好，令我非常羡慕。想他们虽无儿女，日后有书画相伴，亦不致寂寞，实一赏心乐事！窃想，他们两位真是极懂计划日后生活的人。

逯大嫂给我的印象是一个心地善良、善于理财的好妻子，是家中处理财政的人，对丈夫用钱疏爽毫不介意之外，更能不断地累积下不少储蓄，极得丈夫信任，诚一绝顶聪明才智兼备之人。她也颇为自信的——因此种下日后严重受骗仍不觉醒的原因了。

夫妇两人形影不离，出双入对，固是绝佳一对，然终有日一人会先行，若论留下的一人，自是逯大嫂的善于处理自己日后生活较令人释忧虑，所以，你说的那句在当日我觉得不对。

二〇〇六年，逯先生在台湾连续做了两次手术后终不治逝世了，本来逯先生遗留下两层房屋、储蓄财物及家属仍可领取的半份退休薪金。假若逯大嫂在丧夫伤痛之后，请一女佣家中做伴并替代做家务，自己闲时寄情于书画、雕刻印章里，钱财应不会短缺的，可安度晚年。想不到一向聪明能干的逯大嫂，逯先生刚辞世，心灵空虚，伤感之下不假思索地糊涂起来，竟然"亲小人而远君子"，可以信赖的朋友与学生她偏不信任，却不断地听无良歹徒诱骗，乱作投资，数年后家财尽失，一无所有，最后落得百病丛生，仅靠逯先生的半份退休金过活，而屈居于老人院而终。可叹的是后期，始终不肯承认自己会受骗！

当然，一向善于理财的她，是极相信自己的处事能力，歹人就是利用她善良、自信、好胜的心理，趁她在丈夫逝世后心灵脆弱，对周遭环境分辨不清，不断向她围攻诱骗，很快地，财物便一掠而空了。

很奇怪，以前她家中的财政亦全是她一手处理，那时却管理得头头是道，怎么丈夫一走，便变得如此差劲？难怪她由始至终也不明白，亦不服气！我也不明白啊！那是什么原因？你只随意回答我说："那是逯耀东的本事，他像钟馗一样保护在她身边，四方小鬼，怎敢来向她侵犯！"说得有理，真的，逯先生一走，各路小鬼便群起向她围攻了。

你说得也对，假如逯大嫂先丈夫而去，一定不会发生后来的事，时间若真可转换的话，以逯先生的性格，丧妻之后虽感孤独，但仍会寄情于写作、饮食中，更有熟悉朋友相伴、学生照顾，余下日子，定可富裕地安度晚年。

不要尽说逯先生夫妇的故事了，我们两人又何尝不是这样？说实在的，你真不应先我而去，你真的好狠心啊！想我一辈子，自幼孤苦，孩提时代父亲便早丧，幸尚有母亲提携，俟母亲走后，虽哀伤难过了一阵子，后来的日子一直也有你在旁陪伴，日子尚不算难受。婚后的五十多年，二人都是形影不离相依相伴地生活着，从没有真的离开过。今你遽然离我而去，漫漫长路，唉！我以后寂寞、孤单的日子将会怎么过？

彬，不要以为我真是一个很坚强的人，结婚五十多年，我只在家中相夫教子，烦琐家务虽全是由我处理，表面看来我像很独立、很倔强、很霸道，处事态度活像一个女强人，其实我自知，我是一个感情很薄弱、经不起大风大浪的人。我的外面世界实在也太狭窄了，幸得有你相伴，外面的风风雨雨你都代我一一遮挡着、承担着，所以我才可以坚强地活下去。

后来，我屡遭病患，手术也做过好几次了，我以为自己一定会先你而去，所以才会答应你跟崇修他们移居美国，只希望我走后，你也有儿子陪伴。并要求你一定要让我先行，不要留下我独自一人在异地生活，我知道自己是很难适应陌生环境的。不过你不守承诺了，留下我今日的遗憾！虽然儿媳在身边陪伴着，这是他们的世界啊！我是很难投入的，内心深处我总觉得是很孤独、很郁结、很无奈、很寂寞的，心也累得很啊！

相反地换了是你，若我先你而去，你当然是十分难过、对我亦十分怀念，生活上没有至亲的身边人加以照顾，也有一时的不习惯。但以你豁达、随遇而安的性格，我想，很快你便会投入美国新环境，适应他们的生活了。"继圃斋"中更可以继续专心地写你数不完的各类文稿。写作是你最大的嗜好，闲时更可以去练习书法，以作消遣。有儿孙相伴，假期可跟儿子一起到各处旅游，浏览各地的风光，更可遍尝各地的美食，我想，你的日子还是容易过的，心情自会渐渐舒泰起来。这总较我对什么事也不投入、对什么事也不爱好的生活好得多了。

彬，你走后，我总爱胡思乱想地想着你，想着你做的每一件事，想着你说的每一句话。你对故友观察得尚且如此细微，可有想过你走后我今日心情又会怎样？唉！真的百般无奈啊！留下陪伴我的只有无限的思念。

前尘往事想了一遍又一遍，借你说的一句话：假如我们走的先后次序亦真可以转换的话，那多好！你总不会反对我这样说吧！

真的废话连篇，不说了，就此搁笔，下次再聊吧。

淑珍
二〇一七年十月二十二日
新泽西州

## ●第25封信
### ○《七十杂忆》续稿

彬：

告诉你一个消息，你后期写的《雪泥鸿爪》，范家伟同学告诉我明年上半年中华书局已答应重新附入《七十杂忆——从香港沦陷到新亚书院的岁月》内，补充为一本完整自传式的新书再度出版了，书名暂定为《飞鸿踏雪泥——从香港沦陷到新亚书院的岁月》。这个消息，你知道后一定会很高兴，想不到成书得这样快吧？

记得你完成《清史稿全史人名索引》一书之后，仍整日忙着写这些、写那些……写的稿子都是不依次序，没有连贯固定性地写一个专题项目，只是兴到即写，你当时是非常庆幸自己晚年思维仍是那么清晰，手尚能持笔杆不断稳定地书写。见此情境，我想你一定有很多东西想要写下吧？真不知你写后作何打算，只见你兴趣盎然不忍阻你而已。

可是，你走后留给我的却是那么多难以解决的问题，我不知从何开始，亦不知应该怎样处理。我不忍心看着你付出了那么多时间与心力，最后却演变成一大堆废纸。我不知怎样做才能帮助你，代你完成，更不知怎样做才是你的意思。我能做的事真的太少了，我只能事事易身而处地想，换作是你，你将会怎样做？最后，幸得同学们的协助，我做不到的他们都帮我做了。

还是说回《雪泥鸿爪》成书的过程吧。也是去年的事了，我回香港参加你的追思会，约会中与陈万雄和范家伟两位同学谈及你遗稿的事，他们都认为极具出版价值。后来我把整理好的文稿传送给家伟，看看能否把它编辑成书。数天后家伟传来阅后结果，建议把新补充稿件输入《七十杂忆——从香港沦陷到新亚书院的岁月》一书中合二为一，这样既有完整的时间为"经"，也有充足事件人物为"纬"，可以说互补二者之不足。真亏家伟想到，如此一来却辛苦他了，害他花一段时间整理，全书才可以重新编排整理完成。也幸得陈万雄力向中华书局进言促成，终定于二○一八年五月底出版。

至于书名问题，书写时间不同，《七十杂忆——从香港沦陷到新亚书院的岁月》的书名当然不可再用，你原意是用《雪泥鸿爪》做标题，却因唐端正先生前年送给你的新书已用了不便再用，我参考你"雪泥鸿爪"的意思，改用《飞鸿踏雪泥》为书名。为了明确点出书的内容，家伟打算再沿用《七十杂忆——从香港沦陷到新亚书院的岁月》的副标题，暂定为《飞鸿踏雪泥——从香港沦陷到新亚书院的岁月》，你觉得怎样？不错吧！

告诉你一件事，美璐已答应为你新书封面和封底作插图，女儿替父亲的书画封面，是多么难得、多么有意义的一件事，想你一定很开心！

还有，我请万雄为新书作序言，我知道你出版《七十杂忆——从香港沦陷到新亚书院的岁月》一书时也是想让他写序的，他推辞了而转写跋，这次他答应了。你的意思也会是这样想吧？

总之，能代你完成这一件事，我是很高兴的，若不是万雄、家伟他们帮忙，成书也真的不容易。它是你生活了八十多年的历史见证，对我俩来说，也是一件十分有意义的事，是你留给我最后一份珍贵的礼物，是记录着我俩同在一起一片片、一段段的回忆。当中更有多篇是你回顾历史的处世之道，与论事怀人的感言，是给年轻人一种切身体会的启示，实是一本好书。此书的补充版，是值得重视的。我下年六月底回香港时，应目睹此书在香港的书局中出现。

就此搁笔，下次再聊。

**淑珍**
**二〇一七年十月二十六日**
**新泽西州**

## ●第 26 封信
## ○重阳节

彬：

今日是农历九月初九重阳节，天气出奇地好，应景地适合登高行山。已是深秋的季节了，我穿着你遗留下的黑羽绒外衣在园中走走，也不觉得特别寒冷。树虽已开始落叶，不过在柔和阳光的照耀下，树叶仍是千红万紫、七彩缤纷的，在上空互相掩映微动下，景色显得确是很美，想你亦觉得很好看吧？

春晖园上一个月我们刚到过，今日虽是重阳，我们不来了。其实以往我们在重阳节也没有去拜祭先人的习惯，在这天只是应节"登高"，往外面逛逛，祖先神台上改上三炷香及鲜花敬奉而已，今日祖先灵前，我仍依惯例上香及在神桌上摆放了你喜爱的红柿子。彬，你若记挂着我们，你可到园中衣冠冢那里停留、逛逛啊！我每日早上都会在那里见你一会儿的。

自你走后，后花园总觉得静悄悄、冷清清的。以前每当天气好的时候，你总爱走到后园烧烤炉旁边，惯性地坐在烧烤桌旁的椅子上，悠闲地喝杯咖啡或奶茶、食件甜品……有阳光时你会戴上帽子坐在那里闭目养神，写意地晒太阳。去年的复活节，你病情尚没有恶化，后园中也常见到你的踪影，你一向都是喜欢这种舒适无拘束的生活。

可惜，这段日子太短暂了，想不到今年的复活节，却是我亲手替你在园中造了这座衣冠冢，它就安设在你最喜欢坐的椅子后面树荫之下。岁月不饶人啊！真有"去年今日此园中，人叶丛中相映红。人面不知何处去，红叶依旧舞西风"之感叹，依稀往事，令人无限唏嘘、惆怅！

彬，你走了一年多了，这段时间，后花园中的烧烤炉一次也没有动用过。我们根本没有这种欢乐情怀，亦提不起在园中烧烤的兴趣。少了一个爱好吃的人在背后推动，什么热闹气氛也像减少了。以前崇修下班后，也喜欢陪你在后园烧烤台前坐坐，一起饮杯咖啡、说说话，等着吃晚饭。现在他也很少在外面坐了，偌大的一个花园，杳无一人，想你也不习惯吧？

我告诉你一个消息，明年六月底，我准备去香港三个月。崇修一家跟亲家母及蔚青的二姐、姐夫一同去澳大利亚旅游三个星期，也顺道探访她二姐家的女儿；我不跟他们一道去了，就着这段空当时间，转去香港一行，幸得亲家母去完澳大利亚后又转来美国照顾两个孙儿，这样我可以在香港多停留一段时间。

我得计算一下时间了，现在到明年的六月底，算来虽不是时间相隔很长，但对一个年近八十岁的老人来说可并不算短了。半年后身体怎样真的不可预料，不说别的，只要看你去年复活节生日期间，仍然可以到处走走逛逛，也各处找寻你喜爱的食物，怎料半年不到，你便如此离我而去。人生无常，变化莫测，真连自己也不敢确定半年后将会变成怎样，更没信心计划未来长远的事。正如你说，只能过一日算一日，做一日和尚敲一日钟了。

近日腰腿总是不定时地感觉酸痛，行动也迟缓了，使我更添忧虑。我想应是你走后这段日子，我很少出外走动缺少运动而导致吧。老实说，我现在真的没兴趣一人出外走动，寂寞、漫无目

●岁月不饶人啊！真有"去年今日此园中，人叶丛中相映红。人面不知何处去，红叶依旧舞西风"之感叹，依稀往事，令人无限唏嘘、惆怅！

的地四处乱窜多无聊。可是，我若仍如现在每日只是困守家里，全不出外走动，不久之后，行动真的会有问题了。"临时抱佛脚"的方法，只能在家多做运动。或在天气好的时间，在园中每日多走几圈，也算运动了。这样你将会在园中经常见到我，有我陪伴，你也不觉得寂寞了，希望这个方法持之以恒下有好的效果吧。

彬，我真的希望明年六月底能安然再到香港，除了实现这次去香港的计划外，当然，更重要的，希望再次到我俩曾经相处过的每一个地方，去停留、去徘徊、去回忆、去思念，或许这真是我最后一次到那里了！

香港是我俩历经六十年刻骨铭心同在一起的地方，一幕幕的前尘往事，数不尽的回忆，哪怕是最后一次，无论在什么时候、什么地方，我相信也感觉到你永远是与我同行，我们的心永远在一起，你应是常陪伴在我左右的。彬，你说是吗？

彬，重阳节我们不到春晖园见你了，却在信中跟你东拉西扯唠叨了这一大堆话，你不会见烦吧。好了，就此搁笔，下次再聊吧。

**淑珍**
**二○一七年十月二十八日 重阳节**
**新泽西州**

## ●第 27 封信
## ○修祖墓


彬：

堂侄女美丽今日传来电邮说乡下祖坟已全部重新修好了，光叔他们已选择了吉日并约居港子孙一同回乡拜祭，拜祭仪式看来也相当隆重。她还传上数张照片给我们看看，去墓前参与拜祖的子孙也很多。

重修祖墓的事，得回溯到二〇一二年的秋天。那年是我俩移居美国后的第一次回港，美丽陪同我们回乡，主要是让你知道乡中祖父母及其他已故的叔婶一共九位的先人墓地已修筑好了。你是特意回乡拜祖的，同时非常感谢在乡的堂弟"光叔"，他独自一人把先人骸骨从各处原葬地收集于灵龛中，并整齐地逐一安放在政府划定的墓园里，不会因原葬地政府兴建新区而致散落流失，各先人遗骸幸保不失，尚留有一完整的安置地，真得谢谢居乡中的光叔一家。不过墓穴真的太简陋了，连一个像样的墓碑也没有，各先人只像临时全部安置在一个开放式的大墓穴中，也不能遮风挡雨，只是用红纸在金龛外面写上他们的名字，一个一个地平列摆放着。

你有感于先祖父芳圃公一生为子孙辛劳，创下基业，不忍见其死后墓穴却简陋如此，心中已订下修坟计划。只因苏家后代子孙众多，且散居各地，亦想及"先祖"非一人专有，亦应该各地子孙合力重建为宜，故回美国后即着意筹备子孙捐款重建祖墓计划，并仔细绘画着重建祖墓的各样图片。可以说，祖墓得以重修，你是子孙策划中的第一人了。

这其实是一项极有意义的事，虽不是十分艰难，但办起来却绝不容易。要人出钱重修，总是一件困难事，也意见不一。不说人心各有不同，思想各异，单是子孙遍布各地，联络通知也颇费时间。也不知费尽几许唇舌，写了多少信函，往往更惹得一肚子的气，一年多了才筹得九万多港元，当中更多是我家及良伯一家人捐助。相信重修祖墓所需款项应该也差不多了，最后崇修补充说若不足之数，他会尽数补上，集资金额总算完成了。

其实，这区区十万港元不足之数，我家独出也并不难，何必大费周章地四处筹集，自讨苦吃。你却不以为然，认为理应如此。先祖是众子孙的祖先，也是他们的根源。修祖墓是子孙们应承担的责任，要他们集资稍尽一点力，目的只是想让他们知道家乡有祖墓这件事。不要忘记自己的先祖，能慎终追远，日后苏家家祠虽或被拆掉，苏家子孙仍有根可寻，回乡时尚有先人的祖坟可供祭祀。否则身为子孙，家乡事却懵然不知，那真是可悲的事了！

你对重修祖坟可谓是用心良苦，可惜又有多少子侄能领会你的苦心？无论怎样说，筹募资金重建祖墓的任务总算告一段落，跟着便要回乡准备祖墓重建的事项。

二〇一四年八月，我俩移居美国后第二次回香港，那次你是带着重病回港，心情是非常沉重的。经医生诊断后，确定已身患恶疾，胃癌细胞已开始扩散于胸腹，若不及时治疗，生命仅余半年。所以我们只得匆忙回港两星期，除交代与中华书局签署《清史稿全史人名索引》一书出版合约外，更千辛万苦地回家乡一转，把重建祖墓筹款一事相托于光叔父子。虽在患病及炎热天气下，亦往祖父坟前祭祀，想及新建祖墓恐此生也见不到了，这次回乡相信是最后一次，也是最后一次拜祖了，不禁黯然神伤！

乡中子弟极为迷信，他们不敢随意移动坟地先人遗骸，尤其光叔一家。他觉得现时家中颇是顺景，觉得那处墓地风水很好，能福荫子孙，必须审慎择一良辰吉日，方敢重建祖墓，故一直推迟至二○一五年秋天吉日方始动土。新墓穴筑建好后，又要请风水先生另择一吉日再把先人灵柩重新移请入新墓内，现在重修祖墓工程总算正式全部完竣，墓碑也竖立了，前后足足费了三年时间才完成，若非一再推迟，这新建的祖墓或许你也可看到了。

不过，你看后可能也惹来一肚子的气。重新建好的祖墓，全不是依你的想法建造，从传来照片看，它仍是像以前一般，九位先人全部都安放于一个开放式的大墓穴里。若有大风雨时，仍是一样不能遮风挡雨。不同的是整座先人的墓穴看来整齐得多，比以前大，也比以前高。墓穴二进式的形式，深阔很多，可遮挡阳光，墓顶斜盖着一列绿色的大厚瓷砖，看来真像披了一件浓厚乡土味的华丽新衣。

在墓的前面竖立起一座四旁灰色雕花图案、中央漆黑色的大

●二〇一七年十一月三日，堂侄女美丽传来电邮说，乡下祖坟已全部重新修好了，历时三年的工程，终于完成。

碑石，碑石上一起排列着刻上九位先人之名讳，碑的右角刻上重建祖墓日期，碑的末段则刻上众子孙永奉祀，并不是依照你交代的分碑分辈而立。幸尚能分资排辈地在中央正中刻上祖父芳圃公及三位祖母的姓氏，三位叔叔、二位婶母的名字则各按辈分，分别刻于两旁，也算做得不错了，这当然又不是你原来的意思。

彬，不是自己亲自处理的事，自不能尽如自己的意，不要太执着了，随缘吧！修祖墓的事既已交给光叔他们，做得怎样也得随他们的意思了。可以做的事你已尽力做完，不要再记挂，我想，祖父一定会领受到你心意的。

其实，重建祖墓的事，你真的亦只能委托光叔他们，在乡中只有他们一家是你们直系亲属。光叔年纪也近八十岁了，幸而他有做村主任的儿子可以在旁帮助，办起事来亦较方便。我们知道光叔母亲的骸骨也是一同安放在一起的，料想，他们一定更着重先人走后能有一舒适安息之所，尽子孙之责，可以福荫后人，只是没你想得那么远、那么着重意义而已。

对修祖墓的事，其实他们都是很重视的，只看他们早前对先祖的表现，也是值得嘉许的。

他们新修的墓想来亦花费了不少心思，只是观点不同、做法各异，或许也是依循乡中俗例，喜欢用自己的方式处理。祖墓的事，日后还是要乡中亲人加以照顾，或许这是他们认为最适合的方式吧，又或许真是祖父喜欢祖孙同聚一堂，大家庭式的仍是这样同在一起吧。

彬，完成重修祖墓的事，不论你认为合意不合意、适当与否，能给予苏家子孙回乡祭祀先祖的目的已达到，也总算了却自己一件心事了。作为子孙的你，可说对先祖也尽了自己一点责任，其他事不要太介怀，安心地放下，一切随缘好了。

就此搁笔，下次再聊吧。

淑珍
二〇一七年十一月三日
新泽西州

## ●第28封信
### ○《清史稿》电子本

彬：

　　节录了一段袁美芳于二〇一七年十月八日写给我的电邮给你看：

　　师母，最近看了中大的古籍电子本，我很想趁我仍有心力，把老师的《清史稿》关外二次本电子化，但原书在纽约，如果师母不反对，可否下次回港时给我带回一批原书，其余的让我从纽约回港时又带走一批。如此"蚂蚁搬家"，数年后就可完成电子本，给学者查考就更方便了，师母，意下如何？

　　彬，美芳这个提议多难得啊！我又怎会不同意，只是不敢请矣！我想，你知道后一定很欣慰而乐于接受。若此电子本完成，则你早前的忧虑一扫而空，当可释怀了，也是对历史学界研究清史学者的一大贡献。

　　想起，你经历千辛万苦编撰完成的《清史稿全史人名索引》一书，是根据《清史稿》的关外二次本编撰，前后费时五十多年。历时过久，原稿本已几近绝版，学者纵有心，亦找寻不易，终是一个难解决的问题！完成《清史稿全史人名索引》一书，前得美芳多方协助，也花了她三年时间，感情上对此书固然亦有所感受，故有此建议。

其实，你走了之后，崇修早想及这个问题，说最好的方法是把家中藏着的《清史稿》关外二次本的原版本登载上网，刊作电子本，简捷查阅下，对你的《清史稿全史人名索引》及对于专门研究清史的学者，提供资料自为方便完善得多了。可惜他不是擅长此类学术的人，亦没有此等细心、时间及耐性，因而作罢。

想不到，美芳竟然亦有此想，而且更不辞辛劳地肯承担此项悠久费力、"蚂蚁搬家"的方式把《清史稿》的关外二次本转移刊作电子化，这又要她花数年心力和时间才能完成了。

她的想法，我觉得与你编撰《清史稿全史人名索引》心意一样，非为名，亦非为利，只是一个"读历史学者的使命"，主要想助你完成心愿，补充《清史稿全史人名索引》的不足及遗憾。

是新亚精神的驱使——新亚校歌中的心境："……艰险我奋进，困乏我多情，千斤担子两肩挑，趁青春，……是我新亚精神！"与你写此书的心情，同是一脉相承而已，真难得啊！

说起你能完成《清史稿全史人名索引》一书，过程也真不简单，编撰情况仿佛历历仍在眼前。在全书完成后我曾经写给美芳一封致谢信，当中历程亦可窥见一二，希望你不会觉得唠叨，现在我再节录一次：

美芳：……最近真的把您忙坏了！希望不要把您的眼睛也弄坏了，不然我们真的不好意思。无论如何，《清史稿全史人名索引》之能提早付梓出书，真有赖你们一众同学的相助，及陈万雄力向中华书局促成，我们衷心向你们致谢！你们对老师真好，这真是他的福气！

读《清史稿》馆长赵尔巽老先生之发刊缀言，写出他自觉责重寝食难安，垂暮之年，再多慎重恐不及待之言……其后他写"心力已竭老病危笃行与诸君子别矣言尽于此……"情真意切，无奈之情，令人感动，思之下泪！

想来苏老师之能完成此书，也非常不容易，处境亦环环相扣，若不是他能在研究所多留任几年，他也不能把难以估计的抄录卡片转写到每册三百多页的三十册草稿上，留待日后再整理。

数十年来虽事务繁忙，但他从没有放下这个心意，从我们婚后的多次搬迁，这三十册草稿总是随身携带，从不假手于搬运之人，可见他是如何珍之重之唯恐有失！中间断断续续的，亦略有整理，这是需要很大精力及放置很多参考书籍，需要一个大空间，才能重新整理。直到在中大退休搬迁到澳门后，有宁静的环境，眼力虽不太好，这时，他才可专心不断地把旧手稿重新修整，想不到这样修编整理也过了近五年才整理好。因是手稿难以成书付印，两年前幸得美芳您相助植字，又恐老师太伤眼力，更兼顾多番校对才可快速完成全书，这样又过了两年多了，其中诸事更多劳明钊及家伟不断费神相助，都有劳你们了。若不是有你们相助，我想，苏老师在生之年，也不可能完成此索引，此恶疾若发生在早几年，时间上、体力上及心情上也不能宁静下来，亦不易成书。今天假以年，让他长寿安静度过这些年，或许老天助他能完成这个心愿吧！也可不负钱老太师的嘱托……

在全信中，我简约地把你兢兢业业编撰此书的全部历程娓娓道出，我想，你也会同意我这样说的。其实，影响你编撰此书，历五十多年而仍不放下的主因，是钱老师写给余英时先生的一封关于新亚研究所的信。信中的意思，昭然可见对你影响极深，我也节录下来：

> 穆之离去新亚乃早所决定，然不谓其演变骤至于此。至研究所之将来则更觉可惜。实则穆自耶鲁归去，即无多余力放在研究所方面，然终还能成一局面。此下极难设想……留所研究诸人中亦尚有可希望者。
>
> 然自中文大学成立，研究员补助金相形之下，较之在学校有课程者，报酬相差过远。又兼在上之人各以私心为好恶，渐有奔竞趋媚之风，日增抑郁不平之气，不仅学问不长进，而性情志趣亦日以污下，此最可悲。若循此心性，恐不过一二年，以前成绩即将扫地而尽。
>
> 穆自离去，心中最感不安者，唯此一事，然亦无可为计。明春返港，决意退避一旁不再与闻，以静待其事变之究竟，此亦无可奈何之一途耳。

钱老师信中这一番话，说得十分沉痛。据你所知，老师最初辞去新亚书院院长职位时，仍有意留于研究所，指导研究人员继续从事研究工作，可见他对研究所关怀爱护之深。后来因涉及一些不愉快的事件才抽身而离开，远赴台湾。信中虽说返港决意退避一旁，对研究所之事不再与闻，但你知钱老师对所中之事，心常挂系根本放不下，对研究所及研究员仍是一贯的关注。

这点，从你《清史稿全史人名索引》付梓感言中可清楚感

● 前后历时五十多年，经历千辛万苦编撰完成的《清史稿全史人名索引》一书，是一个"读历史学者的使命"。

受到，你感言中说："钱师返台定居后念念不忘，以何佑森所抄录卡片，仍甚具价值，来函嘱余将何君散乱存于研究所之卡片，收拾寄往台湾'国史馆'，足见钱师对所抄录之卡片之珍惜、重视……"又在钱老师寄给你另一信函中也说及此事："……《清史稿人名索引》已在《中国学人》中见到，此项工作终是有用，倘能添印单行本，以便需要者索取则更佳……"由此可证钱老师身虽在台湾，心仍时刻关注着香港新亚研究所中的一切。

就凭着钱老师有感而发地说"留所研究诸人中亦尚有可希望者"及认定你做"清史稿人名索引"此项工作终是有用的鼓励下，多年来虽是研、教繁忙，你对人名索引未竟的工作，时续时断，从不放下。

彬，你在付梓感言末段又说："索引之编写工作，始于一九五八年，至今二〇一四年冬，历五十六年，始告完竣，愧疚殊深！时至今日已年逾八十高龄，身又罹恶疾，距大限之期不远矣！唯一堪告慰者，昔日钱师筹划整理《清史稿》工作之宏愿，因经费不继而中断，今得以完成者，仅此一小部分之《清史稿全史人名索引》告成，稍可圆钱师期望之万一而已！"

由此观之，你早已立意遵行钱老师的嘱托，兢兢业业地编整经年，只期不负老师所寄望而已。

唐端正先生在你的追思会上曾说，五十多年后能看到你出版这书，不致声沉响绝，无疾而终，相信是你此生的最大心愿，庄子云"美成在久"，他实在替你感到庆幸。你的守诺及毅力，由此可见一斑！

迟来的索引面世，其事虽小，守诺重信，意义重大。个中虽有不足之处，也如钱老师所说，能完成此项工作，终是有用。现若更得美芳不辞劳苦地把《清史稿》的关外二次本上网刊作电子本，以作辅助查阅，是一个很好的解决办法。不过，把这套一百三十册的《清史稿》刊作电子化，这是一项多么艰巨的事情，可不容易啊，我也真佩服她！

由此，更引证了你们一脉相承的师生关系，艰险奋进，困乏多情，正是新亚精神的感召！多难得啊！我们都得替她加油了！

就此搁笔，下次再聊吧。

**淑珍**
**二○一七年十一月二十八日**
**新泽西州**

# ●第 29 封信
## ○踏叶而行

彬：

北风飒飒，黄叶飘飘，风吹卷落叶，随风飘舞，遍地尽是枯黄的一片。记得重阳节给你写信时还赞美树丛中尽是万紫千红、七彩缤纷的树叶，迎风摇曳下，园中景色确是很美，真有"红叶题诗"的前人思古情怀。想不到一个月不到的短暂时光，园景已换了另一个样貌，树叶纷纷枯黄，无依地随风飘落，撒满一地。树上偶挂有残余的枯叶，也不堪"北风大人"一击而脱落。只剩下光秃秃的高耸树干，孤单寂寞地在等待，期待明年春天的来临。

借此景况以喻人，何其相似，有感万物原是天地宇宙之过客，人生更是如此。所谓"人事有代谢，往来成古今"，不管你是王侯将相或贩夫走卒，人生总经不起无情岁月的不饶人，多无奈啊！

彬，你在寂静杳无一人的园中，当常见到我傻乎乎地环绕着四周，漫无目的地在园中来回踱步。或许邻居见到也觉诧异，不知我在找寻什么、想什么。真是一个闲得很又古怪的老人，才会有如此莫名其妙的无聊举动。

我虽独自一人在园中，可是一点也不觉得寂寞、无聊，因有你的相伴啊！当我每次站在衣冠冢旁，潜意识中总幻想到面对的是睡在春晖园中的你。彬，你会陪伴着我一同携手在园中来回踱步的，是吗？

街道上间有车辆经过，在一片寂静的园中附近，除偶有带狗散步的路人经过外，渺无人迹。经常不断听到的是上空由远而近缓缓传来响亮、频密隆隆的飞机声，更有百鸟在树上的争鸣声、风吹落叶的沙沙声，还有松鼠活泼跳跃穿梭于各处树丛草地上玩耍，或见鹿儿携妻带子、联群结队地在林中觅食穿梭经过——周遭的环境，活像处于另一个动物的世界里。动物的偶尔经过、飞机声、鸟声、风声，打破园中的寂静，稍解一时的寂寞。

其实，在园中信步而行，给我最好感受的一刻，是踢着草地上堆积的厚厚已干枯了的一大堆黄叶。当我每一步踏过它或踢着它漫步而行发出踏叶声响，我恍似听到后面也同样有沙沙声响的踏步回声，冥想中真像你尾随着我同在草地上"踏叶而行"，这感觉多好啊！

以前，阿娘常担心她走后，灵魂不知回归何处。那时我真没用心想过，是否真有灵魂这回事，只是怕她担心日后不知魂归何处而每日耿耿于怀，遂许诺她回归我家，她走后我家便一直有祖先神楼以作供奉。想及她四个儿子当中，现在亦仅我家安置有祖先神楼，得以香火祭祀，我既许诺了家姑，有生之日必定继续安奉。若我走后，随着时代改变、思想不同，神楼能否继续保持则不敢强求了。

阿娘虽说是一个传统保守的妇人，却是一位不平凡的乡村妇女。除了不怕生活艰难，在没有丈夫及叔伯的支持下，在战乱期间，仍能刻苦独自在乡间带大四个孩子之外，更勤俭得薄有积蓄置业，可见，这位慈祥的母亲多能干！所以，你心中对母亲无私的爱护，一向对她都是很敬重，很孝顺。

我除了佩服她勤苦耐劳，不怕辛苦地带大儿子的伟大母亲外，一直以来我都觉得她是一位聪明睿智、观事细微的女子。在日常闲谈中，往往都有真知灼见，考虑的事情也很透彻，而事后的发展，通常都会被她一言说中。我想，若生长于现在，她或是苏家一位杰出的哲学思想家。言归正传，说回灵魂存、殁的问题。阿娘确信人死后是有灵魂的存在，因此她才会有魂归何处的忧虑。当然可说她思想迷信，不予置评，且人去如灯灭，谁可以引证人死后真有灵魂出窍离开肉体，能留存人间之说？

从古至今，多年来任何宗教亦没有人敢否定灵魂会出窍这个问题，从多位哲学家着意的研究下，探讨是否有灵魂的存在便可见一斑。

据维基百科记载，"灵魂"，从古至今的宗教、哲学和神话中被描述为决定目前的前世今生的无形精髓，居于人或他物的躯体之内，并对之起主宰作用，是一种非物理学现象，亦可脱离这些躯体而独立存在，也有认为灵魂是永恒不灭。

又据柏拉图与亚里士多德二位名噪一时的哲学家的灵魂学说讨论，并列出三大理论来推论灵魂存在与事实：一、时空场理论；二、时空力场；三、统一场与生命科学论据。希腊文化中，由于哲学精神方面的深度差异，"灵魂"观念都构成了宗教思想和哲学理论的一个重要主题。论说中，做一些比较性的探讨——谈论人的"灵魂"时，人会有灵魂与灵魂不朽的说法，在生命科学论据中，分别以不同宗教，如原始宗教、佛教等，以及中国人对人死后灵魂的不同看法做解释。

更重要一点，在中国古贤学说中就有所谓"人禽之辨"，意思是说人类跟其他动物是不同的，因为人有精神领域，也就是"灵魂"。这个灵魂使得人类做出一些跟其他生物不同的行为，或潜意识的举动，如梦游、濒死前经常会梦见亲人……凡此种种，不外是提供"灵魂"的揭秘档案，学说中的要点，每每都是显示有"灵魂"的存在。

当然，事必有两面，亦有人对灵魂实证，提出很多认为不合理的种种结论，而证明早期存在的理据，后期都被逐一推翻，认为灵魂只是早期大家知识不发达时，用来解释当时不能解释现象的答案，结论是认为灵魂是不存在的。

说实在的，他们谈论的理论太深奥，也太空泛，我不是这种料子，根本弄不明白。还是阿娘说得好，这纯属一个信仰问题，你相信它有，它便是有；你若不信地说没有，那就是没有。多有哲理的讲法，多简单的答案！

我是希望人有灵魂的，它只是寄居于肉体上的一种意念、一种思想、一种感觉，当与肉体合一凝聚后，便是一个有血、有肉、能思想、能活动、有感情、有欲望，具备各种形态活生生的一个人。倘若以上的都消失了，仅遗留下一个已死的躯壳时，我总是想象这其实只是灵魂离肉身而去，而灵魂却仍是存在！

彬，你的身躯虽远离我而去，但以往你的种种、你的一举一动、你的一言一行，都仿若时刻重现我眼前，烙印在我脑海中，无论我想做什么，你的影子总是与我相随，你的理念、你的想法、你的情感……仍时刻围绕在我心里。事事都是以你的意念为依归，不觉间总仍感觉到你依旧与我在一起。

因此，我相信你的灵魂尚在，是活生生地烙在我心中，只是换了一个不同形象，或另一种表达方式。正如现在园中，沙沙踏叶而行的脚步声，或是"夕阳斜照下，对影成两人"，真不知是你还是我。我想，前路虽没有能吸引你前往的"美食"，但你仍会乐意与我并肩而行，陪伴着我，直到永远。

彬，你可同意我这个说法？

好了，就此搁笔，下次再聊吧。

**淑珍**
**二〇一七年十一月中**
**新泽西州**

## ●第 30 封信
### ○杂感数则

彬:

这阵子想告诉你的事很多，想得也多，但懒洋洋的总没劲提笔书写，脑中只觉思潮起伏，乱糟糟的，一下子更不知从何开始写起，现在只能记得哪些就写哪些，分段一一告诉你。

### 铁树开花

你偏爱种植铁树。自我俩结婚后，家中一直都有铁树盆栽做摆设，尤其是巴西铁树。我记得第一次种的是你二哥行船回家时，带回送给你的一截巴西铁树的树干。浸水之后，不久便长出嫩芽，继而长出一片片的绿叶。栽种很容易，可用清水浸着根部养，或直接放入泥土中，定时换水，叶子便会常保持青绿，书房摆放着也颇觉清雅。

铁树开花其实比较罕见，但奇怪的是不知什么原因，当我们一听到"铁树"之名，便惯性地联想到"开花"一词。可是我们种了五十多年的铁树，却从来没有见它开过花，我相信很多人也没有看过"铁树开花"，更不知花开时它究竟是什么样子。最近，我真的看到了，可惜你不能亲眼看到，你种的那一盆巴西铁树开花了，而且我还一直目睹着它开花的过程。

它初期是由枝干叶的顶端长出一个大花蕾，继而冲破花蕾苞衣后，便伸出一枝长长带有胶质的嫩绿幼枝干，跟着在枝干上分别开着一丛丛像未脱壳的稻米般的"花"。它的样子一点也不像花，可说生长得非常特别，亦非一般的"花"样。不过，它像有灵性，每到下午四时左右，便会发出一股很浓很特别的花香味，我相信这股难得一闻的浓烈花香气味，很多人都会喜欢。可惜对太浓的花香，如夜来香、百合之类，我会过敏，感到不舒服，所以每到晚上，也得紧闭房门退避三舍，敬而远之，真无福消受。

你还记得吗？这盆巴西铁树，是我们移居美国后你亲自拣选的，你喜欢它的形态，四株互相扣连在一起，稍斜地向同一方向生长，放在大厅前，像迎客一般，样子也很好看。

不知不觉也摆放了六年有余，如今竟"铁树开花"了，是否真的有任何预兆？又是否铁树开花后，即将枯萎凋零逝去？若真是如此，亦证物之"有情"！它将不舍地尾随你而去，睹物思人，宁不惘然！

一般人对家中的铁树开花总是耿耿于怀，觉得是不祥预兆，是故在花开时爱在树上挂上彩带，并颂以"铁树开花，富贵荣华"之吉祥语，以作化解。

若论铁树开花有不祥预兆，我想实非必然。纵使铁树开花后真枯萎凋零而谢，只是万物的交替，亦属正常；世上万物荣枯，四时皆有定序，本无可介怀，若时刻感到心有不安，这样徒添烦恼，何必！

人生亦如是，盖世上万物本如宇宙的过客，瞬间而逝，人之生、老、病、死本是常情，亦无常态，更不能自主，有生便有死，谁也不能幸免，亦属人生必经阶段，何足以惧！人的一生，但求鸿飞掠过后能发光、发热、无愧、无憾，这辈子已不枉此行了！

彬，想你也认同我这样说吧。

## 故地重游

月中，仁仔、圆元学校有数日假期，崇修夫妇特别请了数天的假，带着孩子去波士顿旅游一个星期。通常这种来去匆匆的旅游行程，我是没有兴趣参与的。一来此地崇修在哈佛大学读书时我和你也去过数次，二来孩子们活力十足，兴趣爱好多，活动也多，行动缓慢的我若跟着他们一同前往，势必阻碍他们的行程和兴趣。况且异国文化对我来说根本格格不入，意兴阑珊、索然无味的环境下，我是较喜欢独自一人留在家中自得其乐，不必大家都辛苦。

记得一九九二年的夏天，崇修在英国牛津大学以一级荣誉优异成绩毕业后，跟着便接受哈佛大学全资助奖学金继续攻读博士。因此，他对波士顿附近一带可说很熟悉。现在故地重游，带孩子前往参观，让孩子一同见证他昔年在当地读书的生活环境，目的是让孩子们对各地环境增加见识，也带他们一同参观他以前学生时期经济不宽裕，没能力参观各类收费昂贵的博物馆……

真羡慕现在的孩子，只要父母经济条件许可，便会带着他们到处去游览，小小年纪却认识到不少外面世界的事物。不像我们年轻时，因交通的不便，加上经济拮据，一年难得全家旅游，也只能到附近郊外走走，远的也只到就近的澳门一行（其实都是探视居住于澳门的父母）。

直到一九七六年才第一次搭乘飞机到台湾做远道的旅行。我记得那次前后去了十日，我俩带着崇修参加了一个五天的旅游团，余下时间，主要目的是拜访由香港移居台北近十年，居住于台北外双溪"素书楼"的钱穆老师。当时老人家的观念，还是认为我们花如此昂贵的金钱去旅行是太浪费的，我记得钱先生对我们说："你们这次来台湾旅行花的金钱，已是何佑森同学一个月的薪金了。"说来像有点谴责味道，怪我们太浪费。不过我们都知道，他只是说说而已，对我们远道而来专程拜访他是满心喜悦的。

直到后期，感觉我们出外旅游的行程每次都像探亲的居多。由此可见，你注重的多是人情之味，而非眼前景物。正如我现在喜欢亲临的眼前景物，往往也只是寄情当日，缅怀过去而注入昔日的浓厚感情！其实心态都是一样。

幸好，我们那一代及我们的孩子，从来都没有感到当日的生活有何不妥，更不会像现今的孩子事事都喜欢与他人比较，而觉得他们都应该拥有一切，感觉社会所有人像亏欠了他们，因此产生诸多不满，情绪失控而抑郁起来，重者更动辄轻生求死。不知是我们那时代的人愚笨，还是肯接受现实，不奢求，知足常乐，易于随遇而安？心中富有，平淡就是好事，是福气！

现在的孩子实在太幸福了，在父母的宠爱下，什么事都被预做安排，苦与乐也懵然不知。

这样轻易得来的幸福，日后又能否持续？是否真的对他们未来有用？他们又是否会珍惜目前拥有的好景？未来的世界，究竟又会变成怎样？真不敢想！

世界信息科技变得太快了，现在的生活步伐快速得令我有点接受不了，想来还是我们那个时代好，我还是喜欢做回我们那个时代的人！我想你也是这样想吧！越来越觉得自己像痴人说梦话了。

## 百龄人瑞

潘建德同学月初传来一篇文章，标题是《人瑞——是祝福？是诅咒？》。他引述报载说：港人寿命去年再度冠绝全球，过百岁人瑞数目由过去五年增一倍。然而，长寿港人"死得迟，却病得早"，五十五岁至六十九岁年龄过去十年入院增幅最劲。

又载：统计处公布二〇一五年本港男女统计数据，去年出生的女性，预期平均寿命长达八十七点三岁，男士则八十一点二岁，不单较二〇〇六年长命多一点八年，同时超越日本女士及男士的预期平均寿命。

百岁港人数目亦一直有增无减，一百岁或以上的港人数目已由二〇一一年的一千九百人增至去年的三千八百人，五年间数目增长一倍。

因而他思考的问题是："人瑞——是祝福还是诅咒？"香港特区政府如何解决这"死得迟，病得早"的问题？"安乐死"是否值得研究？对无药可救者应否停止抢救，或只让他在减轻痛苦下自然而逝？

上星期我在电视上看到一则有关港人人口老化的报道：近日年过百岁的长者日益增加，政府护理中心已不足应用，并指长者的意愿本多是喜欢居家赡养，而不愿老而寄居于老人护理院中，因此呼吁长者非病重急需照料入院外，有家人者尽可能在家给予照顾！但家人又是否真能如此想，也是一个难解决的问题！

报道引述的画面，是一位超过百龄坐在轮椅上的丈夫，却由一位年近九十高龄的妻子在旁给以喂食，加以照顾。二位长者虽生有四个儿女，但都在外国居住，以年龄不小不便回来照料为理由，只能由一位九十岁高龄的妻子在家照顾年过百龄的丈夫，看来也令人难过！你说，这问题怎样解决？

问题在于人口不断老化，老人往往只靠药物养命，却不能健康地自己照顾自己，长此演变下去，只靠药物保持长寿而乏人照顾，直至身体机能全部衰退，奄奄一息之下仍生存着，那时更生不如死。如此生存下去，则人生又有何意义！所以，对真正享有健康长寿的长者，固是值得庆贺，也是一种难得的福气，在此敬祝他们"福如东海，寿比南山"。但对无药可救治的长者，我是非常认同建德同学的想法，不要强求灵丹妙药可以续命，万事随缘即可，若有药可令病者减轻痛苦，自然而离世，那对长者朋友来说就是最好的福祉，这不是对他们的诅咒，而是真心祝福！这比医不好又死不了，只是着重于替长者延长寿命的药好得多了。其实有"安乐死"倒真是一个最好的建议，可惜不是任何一个地方都会实行，或许真应该酌情考虑这个实际需要的问题！

看来，"好死"并不是一件易事，是想求也求不到的事。若能无痛苦安心而去，更是修来的"福气"！彬，真羡慕你啊！希望我走时也像你一般潇洒，那么无憾，心愿已足了！


## 初雪


昨日气象台预测，今日新泽西州会下大雪，不过今早我到园中漫步时却反觉天气和暖些，天空仍是无云，气候变化不大。心想，如此天气，怎会下雪？且只是刚踏入十二月初，很少这样早便会

　　●空中真的飘下稀稀疏疏的雪花，继而雪花凝成一大片飒飒地飘下来，只是一个上午的时间，整个花园的草地上便已经盖满白茫茫的积雪。

下雪，或是气象台预测错了？

气象台可没预测错。过了一会儿空中真的飘下稀稀疏疏的雪花，继而雪花凝成一大片飒飒地飘下来，只是一个上午的时间，整个花园的草地上便已经盖满白茫茫的积雪。

这是今年的初雪。初雪把你的衣冠冢掩盖得也看不到了，下午我可不能再到园中见你了。

其实，雪景也真不是那么美，人们看到完美无瑕的雪景觉得美丽，只是经过摄影师的镜头，或画家笔下特选出来的作品，又或是初下雪未经行人践踏的景象。当你看过地上经铲动堆积起像小山丘，污黑黑的一大堆泥泞积雪后，便一点都不会觉得它好看，更经常因它阻塞街道、路滑而令人厌烦。

下雪或融雪的时候经常是寒风刺骨，惯居南方地区的我其实很不习惯，也怕雪地路滑在街道上跌倒。所以下雪期间，如无要事我是不会随意外出的，也绝对没有特意外出赏雪的雅兴。

彬，现在已是你走后第二个冬天了，春晖园的墓地，今日一定又满地覆盖着厚厚的白雪，想你站在一片白茫茫的雪地里，渺无人迹下当更感寂寞，很不习惯吧？我想，你还是到后园的衣冠冢多走走，虽也是雪地一片，但起码能与我窗前相对，不致孤单寂寞，亦可稍解我俩的思念吧！

杂感数则，以作闲聊，就此搁笔，下次再聊。

**淑珍**
**二〇一七年十二月九日**
**新泽西州**

## ●第 31 封信
### ○再谈股票

彬：

去年圣诞节那段时间我在香港居住了两个月，转眼间又一年了，节日过后新的一年就快来临。在今年年底结束前我想跟你说说股票的事，让你知道，今年的股票情况究竟怎样。

九月初我在《股票篇》的信中告诉你，那时我已预感到香港股票市场将结束漫长的"慢牛"二期，进入牛市的第三期。不久，果如我所料，恒生指数在今年十月中真的突破二〇一五年的高位二万八千五百八十八点，在十一月更一度冲上三万零一百九十点，只差一千八百点便可突破二〇〇七年的历史高位三万一千九百五十八点。若一旦真正突破上一次高位，则正式结束这个漫长的二期牛市，新的牛市第三期大时代将重现，看来真的要好好把握这个难得的时机了。

都说今次的股票真难选择，在新科技的带动下，有关新经济的股票，例如：腾讯控股、舜宇光学科技、瑞声科技、吉利汽车等与内地政策有关联的，都不断节节上升，可以说，连升数千点的恒生指数都是这类股票带动的。而很多我以前较熟悉的，例如：中国移动、中国人寿、中国石油、中国银行等很多传统旧经济发展的股票照旧纹丝不动。

所以，很多手持着这类股票的股民，仍捆绑着而毫无寸进，动弹不得。除了少数股民或一些专职证券机构，资金雄厚、信息灵通、与时并进的投资者较有收获外，普遍旧股民面对这些屡创新高的新经济股票根本不大认识，在不熟不做的情况下更怕动辄得咎，也不敢随便转换手持的旧股票。事实上，这段时间市场上赚钱的股民真不算多。

这类屡创新高的科技股都是股价偏高的大价股，也不是一般股民有能力购买得了的股票，因此有些"进取"的股民，唯有以微小金钱舍弃正股而投入各项认股证或牛、熊证券中，转而买衍生工具，务求本小博大利。所以这类衍生工具产品便不断地应时频密产生，更有另类的股评员不断地向股民推介，因而入场追逐这类衍生产品的股民日益增加。

其实这种投机取巧的方法是绝不可取的，亦非正常投资之道。一旦市场有较大变化，风吹草动走避不及下势必全军覆没。这个情况我见得多了，也亲身体验过不少，故有此说。

以最近发生的事例来说，当恒生指数刚冲破三万点后，短短不足两个星期的时间便由三万零一百九十点直线跌到二万八千一百二十四点，而跌得最严重的正是近期升得过急的强势科技股，差不多跌去百分之十五以上。

其实，升得多的股票要适当地做一个深度调整，是很正常兼合理的。问题最大及受伤最深的是做重仓的孖展客（即基金经理），或投资于衍生工具的股民，他们稍一不慎错走方向，便可在短短的两个星期内，把多日辛苦赚来的利润和本钱尽失，凶险情况由此可见一斑。

我深信香港的股票市场，经过这次深度的调整，日后仍会持续上升，因受美股带动，环球股市纷纷屡创新高，而且以新兴市场走势较强的股票暂时跑赢大市。欧美股市，现正处于利率稳定、通胀温和的经济环境下，各地股市走出一个童话故事《金发女孩与三只熊》式的不温不火、稳定增长的"金发女孩"经济行情。

"金发女孩"的故事，是说故事中的金发女孩误闯三只熊的房子，看见桌上有三碗粥，结果她太热和太冷的都不吃，只挑不冷不热的来吃。后来，经济学家沿用这个典故来描述"不温不火，刚刚好"的经济环境，目前环球正享受着"金发女孩经济"的处境，让经济处于温和复苏但通胀又不过热的环境中。希望保持经济稳定增长、温和通胀、不急于加息的局面。

香港这十年的经济发展并不差，目前外围稳定的气氛，受惠于科技股及金融股带动，在股市屡创新高下，很多股价仍属偏低，港股应仍有向上的动力。

彬，说了一大堆股票市场上的事，在二〇一七年的投资年结束前，向你说说我在股票市场上的近况吧，也一并告诉你，最近我很艰难地解决了压在心里数个月的一件事 ——《大酒店与奖学金》篇中所说的"大酒店"。

选择"大酒店"这只股票，可说是我从二〇〇七年错选汇丰控股后又一次最错误的决定，当时谁敢说"只有买贵，不会买错"的汇丰控股，在二〇〇七年大牛市一役中，却会不升反跌地由近二百元的股价一直跌到三十二元才到谷底，并以二十八元的股价供股，辗转经过多年时间方回升到现在八十元的股价，一向钟情于汇丰控股的股民是绝对不会相信的！

你一向偏爱汇丰的股份，因此更放心地把在二〇〇六年年底沽澳门汇景花园所得的楼款，悉数买入汇丰的股票。而我更深信这是难得一遇的升市，一部分投机取巧地错误买入汇丰控股衍生的认股权证，认为它的股价终会上升，故虽见下跌，亦迟迟没有走避，所以，后期恒生指数虽屡创历史高位，但我们那一役却损失得最惨重，可说受感情偏见所害，从此，我再没有买汇丰控股这只股票的兴趣。真怕现在买入的"大酒店"股票，有故事重演的可能。"大酒店"这只股票，我在《大酒店与奖学金》一篇中也一一分析过，并指出它是一只极超值的股票，股价甚低，未来增长动力定会很大，因此也招徕不少意图染指的投资者。

我也一时技痒，深觉此股大有可为，故不惜把升值已多的一半兖州煤，转换了十六万多股价十四元左右的"大酒店"，一心想等待它快速上升，潜意识中感到日后它的升幅会很大，未来股价的增长一定不少，或可助我快速完成设立奖学金的愿望。

原来那只是我一厢情愿的想法，而事实上介入"大酒店"股票的投资者，在今年中期业绩他们公布手持的股票，只是说对此业务做一长远的投资策略，并无其他想法，所以，不思长进手持控股权的"大酒店"嘉道理家族后人对此毫无顾忌，依然故我地视若无睹。当股票没有新的购买者出现，股价便相应地节节下降，看来并不是一个好的现象，也不知等到何时才有新的局面出现。

原本股价在十三元上下徘徊的时候我便应该理智地止蚀沽出，无奈先入为主的"恋股"情结下，犹豫不决，一再蹉跎延误，迟迟没有执行，半年将过去，恒指已突破三万点，而它却不升反跌破十一元，如此境况真令人失望！

仔细想想，自己只有极小量资金，怎能跟财雄势大的信和置业主席黄志祥及太和控股主席蔡华波等人相提并论？他们搁置少许资本做长远投资，如九牛一毛，我又怎能像他们一样，可以无限期地等待，真是"不知自量"！其次，潜意识中第三期的股市"大时代"将来临了，继续如此等待下去，将会错失更多的投资机会，这次错过之后，更不知能否再有机会等待十年后的下一个"大时代"了。无奈之下，不管"大酒店"未来股价会变成怎样，也狠心地做了一个很痛苦的决定，终于把它忍痛放弃。由此可见，对股票太重感情，到最后也经常会受到伤害。

幸而股票市场上还有很多尚属偏低，而仍未上升的优质股票可以购入，我悉数把"大酒店"的股票沽去，转换了股价仍属偏低的"中石油"。我相信股票与人都是一样，要看它与你是否有缘。像"大酒店"这件事，它可说与我无缘，虽喜欢亦会害我亏蚀了不少，而最终也得放弃。从今以后，我亦不会再买"大酒店"这只股票，当然亦不会与你再说"大酒店"的事。

幸好，留下另一半的兖州煤，半年来已由六元升至近九元。今年的结算，盈亏总算互相抵消，与年中恒指两万五千点买入"大酒店"时差不多，可惜，恒指下半年四千点的升幅被我白白浪费了。我若依旧全部保持着兖州煤，相信离目标已不远，又似乎真的一动不如一静了。

可见投资之道，五花八门，没有一个确定的对错方向，更难于做任何取舍。何者方对？总括而言，不论投资或投机者，除了精于拣选适合时间做投资的股票外，更重要的是有幸运之神的眷顾。

新的一年我又得重新等待——期待手上的股票应时上升，赐我好运吧！

更希望如我所愿，很快便有好消息告诉你！

就此搁笔，下次再聊。

淑珍

二〇一七年十二月二十五日　圣诞节

新泽西州

## ●第 32 封信
## ○珍馐百味？

彬：

　　今日是二〇一八年新年的第一日，窗外雪花纷飞，白茫茫的雪掩盖着整个大地。如此寒冷天气下，只觉思潮起伏，意兴阑珊，人生如梦，梦境唏嘘！不自觉地忆起两年前的今日，你接受化疗后身体处于平稳的状态中，与我们如常一同度过新的一年。根本没想过，你半年后病况突然恶化，身体转变得那么虚弱，在那年九月九日遽然而去。

　　又回忆起两年前的这段日子，正是我忙着撰写《珍收百味集》的时候。友人知道后还以为我写的是食谱，怀疑书名是把"珍馐百味"的"馐"字写错了。我真的没有写错，我所写的并非指可充口腹之味的"珍馐"美味食物，而是我一生尝尽辛酸咸甜甘香苦辣，在艰难困境中七十多年来所体会的前尘往事，心中仿若打翻了五味瓶般百味交集而已。

　　言归正题吧。记得广健最初看书名也误以为我写的是食谱，还说他以前来澳门探望我们时，你多是带他们外出吃馆子，而他最记得的却是在"继圃斋"中吃我亲自下厨煮的菜，又觉得我在《珍收百味集》坐月进补篇中写鸡蛋猪手煲姜醋这类食物时，光是看着口水就都流出来。当然，这是自然反应，谁看到酸甜美味的食物会不流口水？

　　他又看到在春晖园祭祀食品中我给你弄的那一道，平日只在年节时才会做的梅菜扣肉。我说你是最喜欢食我煮的，你说那种味道非外面馆子能食到，所以他提议我多写一些你喜欢吃的食物，说凭着我累积数十年烹调的经验，把各种菜肴的烹调过程一一写下，或弄来一辑"苏门的食谱"，让后辈按图索骥，重温儿时的味道。

若在以前我也会这样想，这本是一个极有意义的建议，让家乡菜不致日久失传。不过现已时移世易，今人已多注重健康食疗，什么菜肴都是以少油、少糖、少盐为时尚，弄到食物口感寡寡的，淡而无味，全不是原来菜式的样子。试举一道"东坡肉"为例来说，若依照健康的说法来烹调，是不用肥瘦适中的猪腩肉来做，而调味的酱料咸甜比例亦不依照原来传统方法烹煮的话，只是瘦瘦的猪肉，不咸、不甜地调味，任你怎样烹调，最后也不见得会比原来传统的好食。

其实日常煮的食物，无论最简单的如清蒸鲜鱼、蒸滑蛋、白灼油菜……或烹调过程繁复的菜式如煎酿鲮鱼、油条蒸鱼肠、芽菇芹蒜红烧猪肉、客家煎酿豆腐、客家酿凉瓜……首先当然是要食物新鲜，其次配料齐备，油、盐、调味料的相应配合，更重要的是烹调时火候大小的调节。若遵循这个烹调方法，便会很容易弄出一道道好味道的餸菜出来，所以，我认为若不是真的怕他们食后会严重影响到日后身体健康的话，如我们已一把年纪的还有什么可怕，日常烹调，根本不需特意地怕这样、怕那样，弄得食物全走样而丧失了菜肴原有的风味。

从六岁开始，直到如今，我都是专职任厨中烹调角色，前后入厨已七十年，若我真是专心投入厨艺的话，凭经验真可以成为一个出色的烹调大师。

想我最初学习煮饭的时候，一日三餐的日常餸菜，母亲首先训练我如何均匀分配一日的营养，而每日仅有"一元"的买餸菜钱。因此，价格稍为偏高的食物，我是不会购买的，只是在年节时母亲亲自下厨才会有好的餸菜吃。其实，鸡、鱼、猪肉三牲祭品，都是母亲先用来拜神，然后才做餸菜，价格高昂的鲍鱼、海参、鱼翅、燕窝等食物，母亲自然不会涉及，从来也没有见她买过。所以，一直以来我脑中是没有这类食物的，当然也不会费神思考它应该怎样做。

我酌量买回的餸菜，心思多是放在调味烹调上，用的酱料都是就地取材，适合自己或家人口味而调配，不像现在买的都是别人口味的各种混合酱料。虽然我买回做餸的多是价廉的小鲜鱼，但经特制的各类调味酱汁烹调，味道也是挺不错的，例如美璐最喜欢吃的豉汁蒸奶鱼、虾酱蒸鲮鱼腩、榄角蒸鱼……通常新鲜的海鲜才可以用来清蒸或白灼。儿时我最喜欢吃的是平日不会常吃，母亲往往在没胃口吃饭时才会弄的咸柠檬蒸乌头或肉碎鸡蛋蒸花蟹，现在我仍然很记挂着这道菜。以上说的这些菜，除了我仍偶有烹调外，膳食坊间已很少见了。

结婚后，你的收入一直并不算多，添了四个孩子后，父母、孩子的生活费支出也不断增加。老人家的生活费、医疗费及孩子的学习费是绝对不能减省的。一直以来在日常食用中，我都是计算着怎样分配支出，家用你给多少我就用多少，从不向你多索取，而孩子们都食得健健康康的，绝不比别人差。看来，你真得多谢我母亲从小给我训练出来的悭钱习惯。

幸而你和孩子从不拣饮择食，我煮什么你们都吃得津津有味的，亦从不会要求我弄些价格高昂的食物来吃。偶尔给各人煎一份牛排或猪排餐，他们已高兴得像是有意外收获一样，孩子食什么都是好味道。心理上满足吃什么都是美味的，又何必一定是物价昂贵的鲍鱼、海参、鱼翅弄出来的菜肴才配称"珍馐百味"！

彬，你也是这样，虽然食像是你唯一嗜好，但亦从不会要求食贵价的食物，偏爱的却是你客家人在传统年节时煮的食物。例如腌咸鸡、酿苦瓜、煎酿豆腐、芽菇红烧猪肉、梅菜扣肉、莲藕煲猪肉汤、豉汁半煎煮乌头鱼、鸡冻……都是一些味浓而偏咸可用作送饭的菜肴。或许这些都是你客家餸菜的特色。还有最简单而廉价的蒜蓉炒芥菜、清炒苦瓜，都是腌盐后的芥菜或苦瓜，经清水冲洗后，用蒜头豆豉加少许油来清炒，你都会视它为一道美味爽脆的送饭佳肴。不过孩子们就不大喜欢这类没鲜味的餸菜了，时代不同，他们没挨过没餸菜送饭的日子，自然不会有和我们相同的感受。记得幼童时居住外祖母家中吃饭，往往只分得一小块片糖，或豉油猪油捞饭，那时能填饱肚子已觉不错，怎有餸菜喜欢不喜欢这个念头。

随着后期收入稍好，食用方面也渐转丰富些，再不只限于买平价的食物，食的范畴也扩阔了。海鲜、鸡鸭、烧腊、海味之类我也会常买，外出上馆子吃饭的时候也多了。食物种类虽多了，很奇怪，我俩反觉得食物的味道越来越没有以前的好，鱼没有以前的鲜味，禽畜的肉质也没有以往那种口感，甚至蔬菜味道也大不如前，心中往往还是怀念着昔日困难时那种食物的味道。不知是老人味觉迟钝，还是饲养用料及种植方式的改变而有影响？

我认为二者都有。而最重要的是我们心中仍记挂着早期食物停留着的味觉，尤其儿时难得享有的食物味感。儿童对食物普遍都是很容易满足，他们亦不会多做比较，后来习惯了童年的食物味道，长大后不自觉地便会怀念起昔日喜欢的食物，觉得母亲煮的食物是最好的味道，长时间停留于脑海中的味觉便经常浮现，跟目前的食物做出种种比较。"回忆是最耐人寻味的，思念的味觉永不会减退"，我想，什么"珍馐百味"的味道也追不上感情上回忆味觉的浓厚！

例如，你在回乡路上的那一碗烧鹅饭，二〇一五年回香港想食的陈皮蒸泥鯭鱼及豉椒蒸白鳝、清灼活虾、香煎曹白咸鱼……及上述令你种种回味的家乡餸，我想你现在只要听到，也会如广健一样口水都流出来了。

若论及我写食谱，我懂的只有平日家人喜爱的家常膳食小菜，实不登大雅之堂；若是不知自量地写出来，真有班门弄斧之感。坊间的膳食菜谱，各大书局，各式各样，各地名菜，式式具备，随处可见，皆可做参考，真不用再填我一本，实不敢献丑而自曝其短！

唯一可说的是，烹调煮食之道，其实并没有特殊技巧与快捷方法，只要用心投入烹调世界里，像你学习书法一样，反复多做几次，直到自己及家人都觉得满意，味道不错便可以了。时代不同，口味有异，餸菜亦不断改变。以往的人以吃饭饱肚为主，家庭餸菜以送饭为目的，所以餸菜偏浓。现代的年轻人，饭量极小，饭餐对象并不是吃饭饱肚，主要以食餸菜为目的、以均匀营养为首要目标，正因此故，做的餸菜不得不清淡了。

相比之下，老一辈的人更觉食之无味，对过去传统食物往往恋恋不舍，对以前的食物更会怀念、回忆。而年轻的一辈，却觉得上一辈的人不懂得选择健康食物、保健意识薄弱，往往选错了一些带有防腐剂、不健康、可以致癌的食物进食。对煮食偏重浓味的多油、多糖、多盐的菜肴，认为是不健康的食物，而不大喜欢。

可以说，食物的味觉是因人而异，是很个人化的，也不能一概而论。味道何者方合？什么才真正堪称"珍馐百味"？食物的好味与否，全依个人味觉口感主观而定。

彬，我知道你喜欢的食物，并不真的在乎它的价钱平或贵，而是喜欢食物的味道——追寻一种停留在回忆里的味觉，难得你五十多年一直仍是喜爱我煮的食物而不厌，令我觉得自己还似一个会照顾丈夫膳食的妻子，或许这亦是令我多年乐于下厨煮食的原动力吧！

说实在的，我对食物一向都是很随意，没有特别偏好，本身也不是一个十分"好食"的人。你走了，我可说连煮食的兴趣也渐觉消失了，或许入厨煮了七十年的饭菜，也真觉得有点厌倦，现在只是见冰柜里有什么食物就煮什么。反正如崇修他们所说，餸菜煮得健康些就是了，至于味道好不好、好食不好食也不会太讲究，亦不会真的太在乎了。

这是今年写给你的第一封信，东拉西扯地写了一大堆你喜欢的餸菜名，是否挑动起你停留于脑海中种种食物的"味觉"而更想食？

就此搁笔，下次再聊吧。

淑珍
二〇一八年一月一日　元旦
新泽西州

## ●第 33 封信
### ○人为什么会死？

彬：

　　生、老、病、死是人生四个必经阶段，无论你是王侯将相或草根百姓，过程谁也不能幸免。虽说现代医疗科技发展迅速，但人生在世亦多不过百年，最后"死"还是必经之路！

　　人从出生的婴儿开始，到儿童、少年、青年、中年，最后进入老年，这全是人生中不能抗拒的自然定律。人体就像一台机器，正常磨损到一定程度的时候自然也会报废。人在年老之前，各种器官的功能健全，运转较为正常，身体健康自然是没有问题。但进入老年以后，身体的各个器官由于长年不停工作，工作能力已不如以前，而抵抗力也不断下降，得病的机会也较以前增多了。人体的重要器官若得了不易治好的病，也常会危及我们的生命。虽然医疗科技在现今社会发展得很迅速，但有很多病症仍是无药可救，因此生命就会随时结束而死亡。

　　所以，无论从理论上还是实践上来说，人都不可能长生不死。由古至今，任你多聪明，亦不会炼有长生不死药；不管你是多么长寿，身体操练得多么强壮、健康，人最终注定还是要死去的。这是一个永不改变的定律。

　　据科学家研究，人的身体大约是由六十万亿个细胞构成，由婴儿出生开始便不断通过旧细胞制造新细胞，并不断进行新旧细胞的更换。因此，身体不断成长，对此加以控制的是存在于各个细胞内的遗传基因。

不过上了年纪之后，制造新细胞的能力会逐渐减弱，旧细胞数量便相应地不断增加，这就是身体老化的原因。老化不断扩大的话，皱纹会增加，牙齿会易于脱落，身体的功能停滞，变得容易得病，不久就会步向死亡。

这是一个现实理性的说法，解释"人为什么会死"，确实是一个很清楚而透彻的原因。不过话说得活像计算数学题一般，丝毫不带一点儿人气，冷冰冰的，听来怪不舒服。活像人一走后便什么都一了百了，似与这个世界毫无相关，恍如一辈子无所作为地在这尘世间白走一回。

彬，我这样说你是会明白的，你一定也会有同样感受。我想，直到你患病的最后阶段，你亦绝对不会计算过身体尚有多少个新旧细胞交替这个问题，也没有计算过尚有多少日子仍可寄居在这个尘世上。从看你在最后的日子里书写下的《人生终点》诸篇及《遗言》一文中清楚地可见，你对自己寄居八十多年的世界心中只是充满着爱，处处显示出你对这个世界的人和事都怀有依依不舍、深挚的感情，关怀之情更挥之不去。

引你《遗言》一文：

二〇一四年六月，检查身体，始知身罹恶疾，医生预测，大限为期不远，若病情突然恶化，遽然而去，则此为最后遗言：

每念及寄居尘世，经日寇之灾难，几成饿殍，今得享此高龄，可谓庆幸！

回顾幼年在家，上有严父、慈母抚育成长，俟婚后有贤妻主持家务，管教孩童之责，下有堪称贤孝子女及聪颖儿孙，家庭可谓美满。虽有若干子侄，不满于我，盖因其不悟我之训育子弟，犹如教育自己儿女，彼等不悟而生怨恨，实觉无可奈何！

在校求学，屡有名师关爱，指引一生走向研、教之途，同窗中亦有不少知心好友，尤以任教时毕业之同学，多对我关怀备至，殊为难得！揆诸一生，上仰青天，下俯大地，面对世人，自问所作，亦无愧于心，人生如此，尚有何求？唯一憾事而心感不安者，未能陪伴淑珍至终老而已！

至于他日倘有财物，早前立平安书中，已有说明，尽归淑珍处理。唯淑珍常言：冀百年归老临终前，若有余财，可捐予新亚书院历史系，作学生奖、助学金之用。我亦觉得，自己子女能受高等教育及留学外国，实得任教中文大学之助，回馈捐献，亦是饮水思源之举，因而甚表赞同。

身后之事，忆数月前，电视台所见，在美国新泽西州崇修家附近，有一华人墓地出售，为一平坦青绿草地，远眺大西洋，环境甚幽雅。倘使他日淑珍愿意同葬该地，是为第一选择。倘若火葬，将骨灰存放于如"庄严寺"之类寺院安放，切勿撒在汪洋大海中，我至今尚保持传统思想，固尚有后代子孙，以供拜祭！他日子孙恐怕麻烦，则由他们自行决定。

尚有临终最不放心者，淑珍常言：若我辞世后，有意回港独居。盖一人独居，治安固然有问题，儿孙远隔重洋，往返不易，若有病痛，亲朋难顾。若她仍愿留居崇修家中，有儿媳照顾，可谓"合则双美"，"分则两伤"，千言万语，此为我临终前最大担忧，亦唯一最不放心者，盼淑珍及子女切实思之！深思之！

彬，我抄写了你遗言中的一大堆话，只是有感地明确引证你对我之情是何等深，亦何等真挚，谢谢你十分周到地连我日后长眠的归宿地也预早代我一同选上，更希望我愿意与你同葬该地。可是，令我最感抱歉的，反而是使你临终前不能毫无遗憾地走，却要带着"未能承诺伴我终老"的唯一憾事而去。以及使你临终前添上最大担忧、最不放心的一件事。看来，你的遽然而去，不是你对我的残忍，相反却是我一直自以为是，故意用留难的方法跟你意见不同企图用此来留着你，目的是想让你不忍心离开我，而留下我独自一人在美国而已。我真的很自私啊，看来，残忍的可是我啊！

你虽抵挡不了癌病而终于走了，我不管"人为什么会死"或你要离我而去这些问题，我知道你依旧是活着的，是永远挂着我的，永远在我身旁看顾着我的，那就够了！我不信你真的会不顾我而去！而我现在所做的一切，深信你亦会一一看见，当然也是清清楚楚地知道我现在做的每一件事。

另外，还有你放不下的一件事，你说至今尚保持传统思想，嘱咐子女们若你走后，切勿把骨灰"撒在汪洋大海中"，因尚有后代子孙，以供拜祭。由此可证，你明知身躯一定会归尘土，但你却清楚地表示着你并不是真的走了，你的思想、你的意念、你的心仍是活生生地跟随着后代子孙的。

其实，从我们安放的祖先神位来看，正中写着"苏门堂上历代祖先考、妣神位"，而右边写着"祖德源流远"，左边写着"宗枝奕叶长"，更可证先人与后代子孙是一脉相承，承先启后，生生不息，源源不绝延续下去。遗传学认为人虽死，有儿孙之延续，

●正中写着"苏门堂上历代祖先考、妣神位",而右边写着"祖德源流远",左边写着"宗枝奕叶长",更可证先人与后代子孙是一脉相承,承先启后,生生不息,源源不绝延续下去。

并不是真的死去，只是新旧生命交替而已。这一论调，与透过哲学家的"灵魂"论说中，做一些比较性的探讨，而认为灵魂有不朽的谈论，实是存着异曲同工的见解。

地球上万事万物在宇宙间都是一瞬间的过客，生物的生、老、病、死，世界上任何一样事物都是重复循环交替着，如：宇宙的循环，日、月的交替，春、夏、秋、冬四季的往复，花草树木的荣枯……所有的所有都是一个循环，人只是地球上短暂一瞬而过的暂宿者，而地球又只是宇宙间微小的一部分，宇宙又是什么？宇宙的存在抽象得很，亦大到看不清楚，其实只是某个思想存在于"某一个空间"，那就是宇宙了。可说思想造就了宇宙，而宇宙又造就了思想，是宇宙中的一个大循环。

可见人处于宇宙中，真如沧海之一粟，"生与死"固不足论，死、生亦绝对是循环的一部分，"生"与"死"不断循环反复地演变，人的能力实在太渺小了，真不用事事计较，能做到的只是"顺应规律，回应自然"。彬，写得越来越超现实了，思绪天马行空地飞驰，不切实际，简单来说，那就是万事"随缘"，缘来缘去，一切顺应自然。

已深夜了，我亦很累了，就此搁笔，下次再聊吧。

淑珍
二〇一八年一月二十日晚上
新泽西州

## ●第 34 封信
### ○结婚五十五周年缅怀

彬：

　　二〇一八年一月十五日，是我俩婚姻注册五十五周年纪念日。这个纪念日已过了三个星期了，今日是农历十二月二十三，传说中这日是专职管厨房的"灶君"上天述职的日子，家家户户这天忙着向灶君"谢灶"，祈求上天恩赐一年的丰衣足食。传统的旧节日，相信现在年轻一辈知道的人已不多，况且新建筑楼宇的厨房，已没有这位"灶君天神"的容身之地了。不过那日对我俩来说，却是一个值得纪念的重要日子——是你我两人农历设宴正式请客的结婚大喜日子，也是你我两人共同生活的开始。

　　当年这两个新旧历的结婚日期其实并不是同一日。一九六三年一月十五日那天，我们约同双方家长及二位证婚人在香港九龙婚姻注册处举行婚礼，在见证人主持下，各人在婚姻证书上签了名，依照香港婚姻条例第二十二条规定，我俩在法律上就是合法夫妇。叶骁卿谊父及你的好友胡咏超先生，就是我们婚礼的证婚人。回顾在证书上签上名字的人，现在只剩下我一个，你也离我而去了！岁月不饶人啊，但觉无限唏嘘！

　　形式上我俩正式注册后虽已是合法夫妇，但心情上仍如婚前一样，生活得亦是依旧一般。比较起来，传统婚礼习俗仪式较正式注册繁忙多了。注册之前的一段日子，谊母一家已不断地替我忙着，筹备着传统婚礼的一切琐碎事。例如，回赠男家送来过"文定"的聘礼，俗称"过大礼"，女家亦忙着筹备一切嫁妆所需吉祥物品及婚礼上的衣饰佩戴、送请帖、派嫁女饼……幸得谊母一家人事事替我奔波代劳，使我感觉到仍像有娘家亲人照顾着出嫁一般，所以，一直以来我真的很衷心地感谢谊父母他们！

又记得农历十二月二十二婚礼的前夕，非常忙碌及热闹，晚上租了摆设酒席弥敦大酒楼上面的酒店大房间，作为我出嫁之所，在亲人及多位姐妹陪同下，谊母依照俗例请一位"好命"的亚姨替我"上头"，并向我祝福。翌日，婚礼仪式开始，上午你带领一众兄弟上门迎娶，经熟悉礼仪的"大妗姐"带领向娘家及夫家亲人一一奉茶致敬后，下午"金猪回门"上香向母亲祷告，告诉她女儿已出嫁，有个属于自己真正的家，今后她不用再记挂着女儿了！

最后，转往弥敦大酒楼设席宴客。当晚客人云集，嘉宾满堂，筵开三十席，有我认识的，更有很多我从未谋面的亲友。难得的是，有多位在新亚书院任教的博学鸿儒老师莅临，及你的一众同学为我俩婚姻做见证，使我这个学识肤浅的小女子突觉添上无限光彩，亦自觉是我人生路上的毕生荣幸，谢谢你的特意安排，送给我这场隆重婚礼。

经过迎宾、开宴、敬酒、送客，热闹的宴会终圆满结束了。在我们心理上，虽然婚姻注册处注册后法律上已承认我们是正式夫妇，可是一直以来，我们总认为"谢灶"那天才是我们真正的结婚纪念日。毕竟从那天开始，我们的共同生活才正式开始，是名副其实的夫妻，而你也把那天的结婚纪念日定名为我们的"家庭生日"。

●在弥敦大酒楼筵开三十席，当晚客人云集，嘉宾满堂。

●二〇一八年一月十五日，是我俩的五十五周年结婚纪念日。

●我们这段"火车为媒，月光见证"下"执子之手，与子偕老"火车上的情缘，同甘共苦、相依相偎，相伴了五十多年。

●彬，这是我们金婚时的合照。你走后，这两年我俩的结婚纪念日，儿女们从没有在我面前提及，像忘记了我们的结婚纪念日……家庭中主干人物已离开，走了！你定下的什么"家庭生日"也全没有意思了，说来更添伤感、惆怅、惘然！

我们这段"火车为媒，月光见证"下"执子之手，与子偕老"的火车情缘，六年后终于开花结果，一同步入人生新的里程，也展开了我们两人之后同甘共苦、相依相偎，相伴五十多年的生活。

我的一生，可说与老师极有缘，入读新亚夜校后，更机缘巧合下得蒙你错爱，一往情深地在等待我成长，爱得那么委屈，也拒绝了不少友人的介绍。我俩的结缘，除了相信是缘分外，也找不到一个更合适的理由，正是"百年修得同船渡，千年修得共枕眠"。

想我自幼在孤苦环境中长大，不要说想读书，甚至家中连一本像样的书籍也找不到，其后在崎岖峰回路转的读书环境中，有幸才能在夜校完成小学阶段，因而认识你，后更赚来你对我母亲的致谢中说的那一句，想不到竟是多谢她没有正常地给我正式上学校读书，若不是想深一层，真不知你对我母亲说的是什么意思，是贬？是谢？还是对我真的赞赏？至于侥幸能读上中学，则更属天方夜谭，是从不敢想及的事。

哪知冥冥之中，上天竟巧妙地安排我与一位以教大学为职业的读书人终身为伴，儿女更能就读于欧美各地名校，说来真是匪夷所思。彬，你说，我一生中的往事，一幕幕是否真像身处梦境中？连我自己也不敢相信这一切是真的。

或许，从认识你的那一刻开始，我的人生就像做着一个长长的梦，是梦境一般的不真实，而我就在那梦一般不真实的环境中生活着，一直过了近六十年。在那长长的岁月中，不自觉地也适应了。不过，你却忽然离开我了。相信从你离开我的那一刻我的梦也该醒了，可是我却真的不习惯，感情上也放不下。没有了你的相伴，我的日子总是浑浑噩噩的，什么也提不起兴趣，日子也不知怎样过、怎么办。

你走后，这两年我俩的结婚纪念日，儿女们从没有在我面前提及，像忘记了，或许怕我伤感难过吧。当然，一个残缺不全的家，什么喜庆、什么纪念日也不足以庆贺，家庭中主干人物已离开。你定下的什么"家庭生日"也全没有意思了，说来更添伤感！

前尘往事真恍如一场大梦，梦境依稀，但愿这是一个永不睡醒的美梦，那该有多好！醒来后，赢得的只是一幕幕往事及一段段的回忆，带给我的却是数不尽的思念、说不尽的唏嘘！往事今后也只能成追忆了！

不多说了，就此搁笔，下次再聊吧。

淑珍
二〇一八年二月八日
农历十二月廿三　结婚纪念日缅怀
新泽西州

## ●第 35 封信
## ○农历新年杂忆

彬：

　　已两个星期没有写信给你了，我想，你一定很记挂着我及焦急地期盼着有我的来信吧！记得一九七八年在英国居住的那段时间，若迟迟收不到我的来信，你就会在信中怪我不多写信给你，怪我不懂体会你游子在远方思家的盼望心情，你现在也是一样吧？可惜，现在只有我写信给你，而永远也收不到你的回复了！很记挂着你啊！

　　转眼间，农历新年又过去了，今日已是二○一八年（戊戌年）的农历正月初七"人日"了，"人日"又刚好是我母亲的生日。记得我十八岁那年母亲生日的那一天，你带着礼物，诚惶诚恐而又有些尴尬地第一次登门造访，上我家狭小的房间，诚意向我母亲祝贺，面见未来外母大人。这日可说是你我两人火车上"执子之手，与子偕老"的情缘正式向家长公开了。所以，"人日"这一天，不仅是我母亲生日的纪念，对我们两人而言，亦是一个非常重要及有意义的日子。因为从这日开始，我们终于得到母亲的认同和默许，同意我们日后的交往。

　　还是说回今年的新年情况吧，我把新年前后两个星期的事都说给你知道，其实都是家中一些琐琐碎碎的事。我记得哪些就写哪些，希望你看得明白，而不会觉得唠叨。

　　自你走后，老实说，我真的对任何事情都提不起劲，亦没

●"人日"这一天，不仅是我母亲生日，也是你第一次登门造访，正式向家长公开我们的交往。从这日开始，我们终于得到母亲的认同和默许。

有兴趣参与一些无聊活动。尤其每逢喜庆的节日里缅怀过去，更觉得孤独寂寞，高兴不起来，屋内新年喜庆的装饰也提不起兴趣来布置，只是应节地放上贺年糖果礼盒以备客人上门拜年而已。

回想自移居美国后，华人所有传统的节日，我们仍然像以往一样保持着，每到农历新年的一个星期前，都会循例忙碌着——打扫屋宇、写贺年春联、布置新年装饰、添置新年应用物品、预备多些新年餸菜、煲茶叶蛋……喜气洋洋的，事事齐备。而最花工夫的，就是一连两日蒸十多盘、每盘五斤重的萝卜糕、芋头糕。一半是送给崇修相熟的好朋友吃，余下的是自用。仁仔特别喜欢吃家里做的，他们都说我做的比外面卖的好吃，茶楼也吃不到的味道。当然好食，我们蒸的萝卜糕或芋头糕都是落足材料及调校好粉和水的分量，不过却真的很花时间，做多了也觉得很累。所以，这数十斤白萝卜切成细丝的工作就全由你负责，往往你也花大半日才能切完。

现今你走后，这切萝卜的工作就由崇修做了，我亦酌量减半，不再蒸那么多盘了。今年只蒸了六盘，有三盘是分别送给相熟的朋友吃，另外有两盘自用的特别减去瑶柱及虾米，虽然鲜味减少，但这样圆元就不怕食后会过敏了。

崇修他们每日早出晚归回药厂上班，也够累了，所以清扫家中地方的例行工作就由我负责，年纪大了，偌大的屋宇不能一下子扫得太多，我得提早分数日清理干净。

彬，你走后这两年的农历新年，我再没有心情像以前那样弄数十人新年华人团拜的大聚会。事实上，在这里，农历新年大家仍是上班、上课，没有放假，周围没有一点儿农历新年的气氛。我们只在大年初二——这日刚好是周末假日，邀请了李旭昂一家及小波的大姐夫妇来家中吃开年晚饭。

开年请客的菜式，你一定也想知道吧？都是一些例牌开年意头餸菜，有莲藕煲猪肉汤、白切鸡、姜葱清蒸龙趸鱼、椒盐煎大虾、豉椒蒸带子、鱼肚炒蛋、鲍片冬菇生菜煲、清炒时蔬，以上所有餸菜都是你喜欢的。我没有弄你最喜爱吃的梅菜扣肉及璐璐喜欢吃的罗汉斋菜，事实上煮得太多亦食不下，余下的餸菜也足够我们再多吃两日。

天气变化很大，中午他们来时天气还好好的，饭后却突然间落起大雪。很快街上便积雪盈尺，车子不易开动，正好给他们围坐一起谈天说笑，与孩子们一起玩啤牌游戏。晚上吃过甜品，清理路边积雪后才各自开车回家。

今年的气候真异常，变化也很大，从去年十二月初提早下的一场初雪开始，跟着每隔三两天便持续下雪，气温经常在零下十多摄氏度。两日前的雪刚融化，另一场大风雪又来了，这样的积雪寒冷天气地上很易结冰，往往不小心便会滑倒。

彬，告诉你，有一次雪停了，我看见园中草地上的雪也差不多全融化了，便冒着寒冷的天气出花园走走，到衣冠冢那里见见你，想不到还未走到你的前面，我却在草地上滑倒了。幸亏是滑倒在草地上，腰骨才不致受到伤害。草地结冰，滑滑的，好不容易才爬起来。你知道，我的腰椎做过大手术，跌倒受伤可是一件大事。自此在大雪之后，若不是天气真好，确定草地没有结冰，我亦不敢随便出花园走动，真怕一不小心再次滑倒，腰椎旧患再次发作就不知怎么办了。这段时间，或许只能在窗前遥远地见见你了。

奇怪得很，真的天降异象，天气亦反常了，刚刚上两日园中各处还是厚厚盈尺的积雪，气温仍是零下十多摄氏度。新年初三、初四学校假期那两天，仁仔和圆元两人，拉着滑板、穿着厚厚的滑雪衣服在园中草地上兴高采烈地在玩滑雪，跟着温度计却预报初六气温会回升至二十一摄氏度。我们还以为温度计可能坏了，怎会这样？说来也许你亦不会相信！

温度计可真准确，昨日，即大年初六，一早起来，外面草地上滑冰的雪全没有了，开门看看，气候真像夏天二十多摄氏度和暖的天气一样，圆元他们竟然可以穿着薄薄的衣服回学校上课了，你说是否很奇怪？真是不可思议的事！令我联想到，从前和母亲看电影《窦娥冤》女主角被冤枉杀人判处死刑行刑时出现的"六月飞雪"情景，六月大热天时竟会天降霜雪，确是异象，虽是电影神化剧情，附会渲染，令人不可置信，但与现今突然寒冬变夏热，天气对照之下，看来亦不全是凭空杜撰，只是偶有不寻常不易见到的异常奇景而已。今之"天降异象"，是否也是显示日后真有难以猜测的异常预兆？

这样好的天气，我可放心去园中走动走动了。天气真的非常和暖，阳光普照下有如香港的夏日，不过比香港空气清爽而没有香港气候潮湿，园中树木虽依旧是光秃秃的，没有长出嫩叶，但各处却频频传来鸟儿在树上互相争鸣的语声，更见不少排列得秩序井然的雁儿，结队在空中飞翔而过。仰望天清气爽，令人心境开朗，蔚蓝色的天空，只见一片片白云迎风飘散，随风而动下幻作千变万化不同形象，"白云苍狗"的身不由己，恰如人生无奈的写照！

广阔的天空，更不停有飞机向各方掠过，飞机声打破了园中原有寂静，飞机走远后却带来一抹长长银白色尾巴，历久不散，煞是好看。如此景色，难怪你以前喜欢在园中悠闲静坐，自得其乐地欣赏。

可惜好景不长，一下子，今日又回到原来寒冷的天气，而且更是不停下着密密麻麻的毛毛细雨。阴晴不定、冷暖无常，人生也许亦是如此的祸福难料、变幻无常，不禁令人感慨！

跟你说说近日股票市场上的情况吧。虽然我一直都是看好后市，不过自二〇一八年一月中开始，恒生指数升跌波动得非常厉害，每日仿若坐过山车，亦恍如今日之天气。一月份恒指急速上升了三千五百多点，冲破二〇一五年高位，跟着更突破二〇〇七年历史高位三万一千九百五十八点，形势真若大牛市来临，诱得没有持货的人纷纷入市，但在一月底及二月初急速回落了四千二百多点，跌幅比一月份的升幅还要多。股评人众说纷纭，有说是急升后的深度调整，亦有说熊市已静悄悄来临，莫衷一是，日后真要拭目以待了。

不过指数回落得也太急促了，令刚入市的股民走避不及，损失惨重，尤其投机手持股票衍生工具的股民几乎全军覆没，惨不忍睹。刚开市便有一千多点的跌幅，发行股票衍生工具的证券发行商补货不及，损失也极为严重。近日跌幅稍转缓和，继而是每日的暴升暴跌，或每日恒生指数一千几百点上蹿下跳的走势。不但香港这样，连美股及各地股票市场也如是。这次股市真难玩，奉劝心脏衰弱的人切不可参与。看来，要在这种市场获利，实非远居异地的我能顾及，真的要仔细考虑了。

或许真的年纪大了，胆子也越来越小，接受不了如此大的压力，幸而手持的都是早期买入的股票，总结之下只是损失近日升幅，也不致损失太多，只是心理压力却增加不少，真怕自己承受不起。所以，我把手持的股票酌量减半，转持现金，务求在股海市场上"出入平安"。也许，这保守改变的做法，未必是对，不过，在这个风高浪急、变幻莫测的股票市场上，却是一个保本、减少亏损、自求心安的权宜办法。

彬，告诉你，二〇一二年我们刚来美国时买入的"兖州煤"，我已悉数沽清了，事实上它升得也太多了。记得吗？我买入时股价大约是六元，想不到二〇一六年竟然辗转下滑至两元八角左右，跌幅也算厉害。后来在七元至八元足足徘徊了半年。二〇一八年一月份它却幸运地飙升，超过十四元，升幅之多亦属意料之外，可惜我早在八元前沽售了一半，不然我的目标早达到了；余下的在十四元左右我亦把它全部沽清了。这次幸得它替我赚了一些，不过却给后来买入的"大酒店"亏蚀了一部分。至于沽售"大酒店"转而买入的"中石油"，初时它股价本节节上升，盈利也不少，却在二月一役的跌浪中急速地打回原形。在前景不明朗，加上并无亏蚀的情况下，我把它亦全部沽出，而转持现金了。

现在我只保留着"中国铝业"这一只股票了。留下它亦可说是一种情结作祟，你还记得吧？二〇一二年它原是跟"兖州煤"一起买入，一直不变地持有着。直到二〇一五年，因筹措资金作捐助奖学金，急需下只得一股不留地以两元半把它低价沽去，不料去年七月它却急速上升，由两元半低位一直上升至七元多，与同日的"兖州煤"股价差不多一样。现在它亦由七元回落至五元，若与"兖州煤"比较，调整后的"中国铝业"股价实属偏低，应可再度持有，所以决定沽去高价的"兖州煤"转而买入"中国铝业"。

若牛市第三期形势仍未改变的话，则在保守之余仍可留有进取性的一面。彬，你觉得怎样？

我打算在你今年生日时，设立新亚书院中文系奖学金基金。情况怎样，稍后我会再写信给你，告诉你我将会怎样做。

祝新年好！就此搁笔，下次再聊吧。


**淑珍**
**二〇一八年二月二十二日**
**农历正月初七（人日）**
**新泽西州**

# ●第36封信
## ○元宵节杂记

彬：

今日是正月十五元宵节，也是中国人俗称的"情人节"，相传这日不少才子佳人在园游花灯会下巧相遇，其中亦造就了不少良缘，故以"情人节"名之。元宵节过后，新年热闹节日气氛将告一段落，一切又回归平静了。

今日狂风大雪，呼呼的风声不断，大雪纷飞掩盖下真莫辨西东。这种天气根本不能外出，崇修夫妇没办法驾车上班，都在家中工作，这样更方便我随时可具备祭品向祖先敬奉拜祀了。其实这天，我家一向都没有拜祀祖先习惯，不过，想及一向都嗜吃的你，节日里心中定会期盼着，反正他们各人都在家，多煮一点餸菜，给祖先多添一个供奉节日好了。

依惯例，向祖先供奉的除了有鸡、猪手、鱼三牲祭品及新年的红糖年糕外，我特别弄了一道。崇修从 COST 买回来的去头龙虾，试做了一道我平日不会在家中弄的"椒盐焗龙虾"给你尝尝。

美国的龙虾，你一向都特别喜欢吃，通常吃这道菜都是在外面馆子的，我怕自己弄得不好，浪费了昂贵的食材。想不到，这次弄的虽然不是生猛游水龙虾，只是加上自制的调味料焗熟，味道居然也不错，只觉一口一口啖虾肉，肉质爽滑，崇修他们也觉得很美味。想你试吃后定会觉得味道不错，也会很喜欢而想再吃吧？可惜……时不予你了！

晚上，神楼上我再供奉了一碗热腾腾、刚煲好的汤圆鸡蛋腐竹糖水送给你。一家吃过元宵汤圆后，象征着新年节日的热闹气氛已过去了，静悄悄的一切又回归平静。

彬，尹仔和善怡都订了机票，打算在复活节假期飞来这里。善怡在学校放复活节假即直接飞来，早她爸爸一星期到，父女两人来这里只停留短暂时间，便各自回去了。璇璇也在哥哥走前一日来弟弟家中与众人会面，便匆匆回德国了。她今次来美国一星期，目的也是想约同哥哥一起到春晖园见见你。因时间紧迫，不能在四月五日你生日那天来见你了，改在四月一日。那天刚好是星期日，崇修接璇璇机后，我们会直接来春晖园墓地拜祭你，想你一定会早早在那里等待着我们！

这一段静下来的日子，我总感到浑身上下都不舒服，由头至脚都觉得有不妥。思索多点头便会觉得痛，看东西眼睛模模糊糊的，视力也觉得差了，坐多了一会儿腰会觉得痛，行多了一段路腿像抽筋似的举步酸麻，稍做多一点事身体便觉得很疲累，一下子真的所有病都像一起来，感觉到近日的身体状况真的一日不如一日了。

当然，年纪大了，身体机能退化，健康情况日益变坏，百病随之而来，这是无可避免的事。除此之外另一原因，或许人真不能全无寄托、无目标地空闲着。像我现今一样，闲着无聊，胡思乱想的事便多，而想的总是不开心的事，跟着便无病也想出病来。加上老人懒得运动，体能活动减少，身体健康自是日渐变差，随之而来真的百病丛生了。

曾有友人很疑惑地对我说，她不明白现今年代的人，为什么动辄会有什么产前、产后的抑郁症、狂躁症……诸如此类的病症，她问我，当年有了孩子时可有这个问题？这个问题问得真有趣，我也不明白有了孩子后为什么会抑郁、会狂躁、会焦虑不安，我只记得有了孩子后，工夫一大堆，家务事每日做也做不完，怎有时间去抑郁？真奇怪！

自小身体健康状况也算不差，一向亦甚少病痛，婚后六年内连生了四个孩子，全都是自己一手照顾大，每日忙前忙后，处理着永远做不完的琐碎家务事，可说"铁人"一个，连正式休息的时间也嫌不足够，哪有空闲时间给我抑郁这、抑郁那。

现今身体的变差，亦全不是想象出来，事实上以往真的过劳而透支了。现在年纪大，一旦放松，旧患便全显现出来。一向以来，我的病痛虽少，但从小患上的偏头痛间中仍会发作，你也知我是有"选择性的记忆"症。而腰腿之毛病则是年前"腰椎骨外突压着腿部神经线"旧患引起，虽经手术治疗，若太劳累仍会时感疼痛。不过我是一个比较承受得起痛的人，通常轻微的疼痛我不会告诉别人，反正告诉别人，我的痛也不会因此减轻，何必！

反之，你轻微的痛楚也往往会抵受不住，若是生病了，更会不停向我诉苦，说这里痛那里不舒服，往往像说出来后便会舒服一些，有时真愿有病的人是我。

近日，我的善忘症状日益加深，记忆力更差了，简单的字也经常执笔忘字，写不出来；刚要做的事，转眼之间便忘记得一干二净，记不起刚才想做什么；放下的东西，往往记不住放在哪里。彬，你说这怎么办？体力衰退我尚可加强锻炼，但记忆力的日渐消失，我可不知怎么解决！

新春期间，我本不该说如此伤感、令人难过的话，此刻我更不忌讳地诚意向上天祈求："我不求长命百岁，但求上天赐我无疾而终，但愿有一日，一觉在甜睡中便永不醒来，那多么好！冥冥中，潇潇洒洒地到春晖园跟你重续'死生契阔'那未完之约，与你相聚，那才是我人生最好的结局，是上天给我最大的恩赐，是对我最好的祝福！"彬，希望我真有这份福气！

　　就此搁笔，下次再聊吧。

淑珍
二〇一八年三月二日　元宵节晚
新泽西州

# ●第 37 封信
## ○杀我马者路旁人

彬：

　　"杀我马者路旁人"，这句话是你以前对我说的，当时我总觉得文绉绉的，听了也不明白是什么意思。明明马是自己跑得力尽虚脱而死，怎会说是路旁人所杀？真莫名其妙，笨拙的我百思不解。

　　经你解释方知句中出处。据说有兄弟四五人，都是做官的，养了一匹骏马，马嚼子及缰绳都装饰得金灿灿的，漂亮耀目。每隔数天便喜乘着马匹在大街道上飞驰而过，一则炫耀他们出行时阵容的庞大，其次炫耀他们的骏马有日行千里的能耐。出行时路旁总是挤满看热闹的人，每当马匹在路上奔跑经过，路旁的人便不断齐声喝彩。兄弟几人更意兴风发地驱马不断狂奔，最后，马不堪长期劳累，体力透支虚脱而死。主人不知自责，反说"杀我马者路旁人"，认为若非路旁人喝彩声推动，他的马便不致力尽而死。

　　这则故事真发人深省，亦令人不胜惋惜。纵是千里之马，若无伯乐之赏识，更不幸地如落在上述不懂爱惜马的人手上，虽天赋异禀之才亦会徒给浪费，令人殊觉可惜！

　　考究马死的原因，其一当是主人不懂得爱惜马真正潜在之能，保留有用实力，只着重外表饰以一身华丽，外出张扬以示其能，徒博路旁人一时赞美，借以炫耀本身阔绰；马死后仍不知自我检讨，反责怪推说为路旁观看者所害，其实本与路旁人无关，只是主人失当而已。

其次，我认为马死的主要原因，也正是你想告诉我这句话的真正意思，是马本身"好"表现，不谙韬光养晦的道理，喜欢听到别人随意的赞赏，不珍惜自己天赋实力。当听到路人的喝彩声便兴奋得胡乱奔跑，以期表现自己能力于人前，也不管自己体力及能力是否承担得来，最后自是精力竭尽而死，令人惋惜。这个问题，这种论调，联想起来颇像严耕望老师经常所说"小亏可吃，大亏不可吃"告诫自己的道理。

严先生夫妇与我们颇为相熟，更时有相聚往来，与你亦师亦友，无所不谈。他曾经常向你提示说："小亏可以吃，大亏切不可吃。"这一句话亦教人深思！何谓小亏？何谓大亏？实难以界定，亦没有一个标准答案。你认为他这样说，自有他自己的亲身感受，是体会中说出来的一番话。当然，你亦很清楚了解他说这番话的意思。

严先生是史学研究界极有成就的著名学者，自言自己得入台湾史语所从事研究，全赖傅斯年先生当日的赏识与推荐，知遇厚爱之情，一直非常重视。你认为严老师对傅斯年先生"知遇之恩"，有如"千里马得遇伯乐"的感恩铭记于心中，十分难得，也深感前辈思念恩遇"古道之风"犹存，值得年轻人景仰。

严先生的处世为人，不仅治学严谨刻苦、淡泊自甘，生活极有规律，更是一位敦厚而随和的长者。以我所知，严老师与人相处，绝不会斤斤计较吃亏不吃亏这个问题，很多时学生请他写推荐书或要求他帮忙，能做的他从不会推却，唯独请他应聘担任校中行政事务，他定必执着地推辞。老师自言自己口才愚钝，不善于辞令，并不是一位适合处理行政之人，往往便以这个理由来推却邀请。

这实是老师自谦之词，他不是不能为，只是不想为而已，可说是深谙明哲保身之道，亦是明白"马死路旁人"的道理。他对自己要求甚有原则，不愿生活规律因此有所改变，除授课外，只是想专注学术研究而不愿分神应付其他系务之事。认为一旦介入，定不能抽身离开，势必令他日后的专心研究工作难以持续，影响之深实难以估计。我想，他说"大亏不可吃"就是这个道理。严先生对此坚持不接受的做法确是高瞻远瞩，极具高度的智慧。

彬，你处理学校行政系务多年，这一点影响之深，我想你比任何人都清楚。从你在中文大学新亚书院专任教职开始，一直是兼做新亚书院历史系系主任的职位，二十多年从没间断地花时间处理着系中学生繁杂事务。这工作真仿若我专职做家庭主妇一样，也是不断循环地做着永远做不完而像对自己毫无建设性的工作。花费不少时间，而付出的精力更是他人看不到的，所以，你除备课讲课外，学术论文自无时间顾及了。可惜，学校的升等级制度却偏重于论文著作，这点正如严老师所说的你可吃"大亏"了。

逯耀东先生也曾多次劝谕你减少担任烦琐的系务工作，宜多转重著述，私底下更要我多点提示你。你对他深挚的关怀、诚恳的提议心中实是非常感动，也是明白个中道理。无奈，处境之不同，背景亦异，感受不一，当不能事事率性而为，一时亦难以抽身，于是年复年、日复日的，日子就这样过了二十多年。

当初你的心情确是非常矛盾，深知一旦长久做下去，势必影响你的研究工作，对自己学术上的发展自然无暇顾及。但后来你却尽心尽力接受校中系务繁忙的工作，这一点，当然是有你自己的想法。我知道，你认为这样做是自己对母校应尽的一种责任。

你曾对我说，学校的人事是很复杂，中文大学新亚书院的三院合并，一无崇基学院有教会支持，更不若联合书院有丰厚资金做后盾，靠的是新亚校歌所说办学理念——新亚精神。

所以，你觉得应该替母校好好做点事。中文大学三院合一后，新亚书院是处于势孤力弱的环境中，"千斤担子两肩挑，困乏我多情"的意念驱使下，更应替母校系中学生谋取多些应得福利，这些都是系主任分内可以做的工作，凭着这个念头、这股力量，系中烦琐的事务你乐意继续担任下去。

彬，你真不愧是一位好老师！而且更是一位仁师，对学生的关怀都是尽心尽力，不但在学校教学时是这样，退休后也常记挂于心中，从没有放下。二〇一六年八月底，你重病入威尔斯亲王医院，黄乃正院长来医院探望你的短暂时间中，仍见你念念不忘地向他说及昔日新生入学的制度，学校处理得如何不当等种种陈年往事，忆挂之心，于此可见一斑。

郑板桥所说的"吃亏是福"也许是对的，亦是实践后得到的至理名言。由此看来，"大亏""小亏"真难以界定，纯粹因人而异。不过，不要做"马死路旁人"的马，确是处世至理箴言，

●严耕望先生夫妇与我们颇为相熟，更时有相聚往来，与你亦师亦友，无所不谈。

●郑板桥所说的"吃亏是福"也许是对的，亦是实践后得到的至理名言。

但又有几许人真能做到？彬，难得我一连串记得那么清楚、那么详细，你觉得我说得怎样？想你一定认同而觉得我说得不错吧。就此搁笔，下次再聊。

**淑珍**
**二〇一八年三月十六日**
**新泽西州**

## ●第 38 封信
### ○观书画联展彩色的梦

彬：

璐璐传来一个消息，蔡澜先生告诉她在三月二十七日至四月二日，一共七日，在中环荣宝斋内举办"蔡澜苏美璐书画联展"。她因远在苏格兰没有到场参与，故请我们代她通知在港亲友，欢迎各位到场参观。这次展出的作品，据说是蔡先生的六十幅书法及美璐的六十幅插画。蔡先生年纪虽说比我还大两岁，但处事干劲活力十足的精神却毫不逊于年轻人，真令我佩服。

本来我已托袁美芳代购一花篮送上会场祝贺，但后来却收到蔡先生的电邮说"保护环境，谢绝花篮"，因而作罢，改而以电邮祝贺。也致电邮曾参与"镛记"饭宴的诸位同学前往参观。

昨晚睡得真不好，半夜两点钟醒后再睡不着，眼光光的，近五点钟才蒙蒙眬眬地再入睡，刚入睡便做了一个很奇怪的梦——一个像很真实而又像时光倒流，更是一个莫名其妙的大梦——我和你竟然一同去联展会场参加"蔡澜苏美璐书画联展"的开幕礼。

日有所思，夜有所梦，其实并不算奇怪的一件事，只是奇在做梦的时间，竟与香港"蔡澜苏美璐书画联展"开幕仪式同一时间，可算巧合得很。更难得我能够很清楚地记得梦中一切细节。

梦中情境犹历历在目，奇怪的是，我们两人同时出现的时空，两人的样貌竟像前后相差五十多年。我清楚地记得，当时我们两人是较蔡澜先生更早到会场，环顾联展会场四周，竟然一幅字画都没有挂出，墙上只是空白的一片。

更清楚地记得，我当时是穿着结婚前那件你最喜欢我穿着的银白色底色的蔚蓝色兰花的长旗袍，还是五十多年前的样貌；你穿着的是多年前我送给你的一件法国牌子、橙色线条的白恤衫，不过精神却表现得疲倦不堪。两人同时出现，时间却像相距五十多年。

到达现场不久，你只走了一会儿，便很累地斜靠在大沙发上休息，直到蔡先生到，才由我很艰难地扶你起身向他祝贺，跟着我便突然醒了。看时钟才是清晨六点钟，只是睡了一个小时的时间，我便做了这样长长的梦，真是"临天光发大梦"。

人说"春梦了无痕"，是脑中停留的幻觉，梦境虽解释不到，亦非全无痕迹可循，究其原因：

其一，梦到与你一同到联展会场，当是最近日有所思、夜有所想而导致，奇怪的只是做梦的时间竟与香港是同一时间。

其二，梦中我们两人的衣着，事实上家中真的有这两件衣服（我还记得，我送给你的那件恤衫的表袋位置安装得低了，还经我重新修改过），重点是我们两人为什么同一时间出现，年龄差距却如此大，这得从心理上加以分析了。梦中你的精神状况表现，我想应该是二〇一六年九月二日在香港西营盘参加美璐书画展时，你身体疲惫支持不住提早要求回家，那时留下的印象十分深刻，许是记忆中遗留下的潜意识，因而梦中也同样出现当日依稀的情景，梦到那时身体虚弱的你。

至于为什么我仍是停留在五十多年前的样貌，这真是一个难以明了的心理现象。若真要我解释的话，只可以说是一种心理抗拒的表现，我害怕身体健康日益变差，体力倒退至不能自主，潜意识中不愿意接受自己未来感到害怕的事，因而希望自己能永远停留在年轻不老的阶段。这个论调自觉言之亦有理，不过想深一层，自己不愿意接受现实中的自己，而冀望梦中幻想可成真，想想也觉可悲！

很多人做梦梦境中的颜色多是黑白色，亦有选择性的彩色，很少是全彩色。美璐的梦据她说是彩色的，连梦中的世界也添上色彩，真好！我做的梦都是黑白色，但这次的梦，我清清楚楚看到旗袍上银白色的底色，编织着蔚蓝色的花朵，及恤衫橙色的线条，发觉梦的颜色竟然转变了，是有颜色的梦，真匪夷所思！可能环境变了，心情也变了，而现实的世界改变了，梦的色彩跟着也改变了，冀盼把多姿多彩的现实世界带入梦的世界幻境中。

更奇怪的是我们本是专心去看书画联展，而联展墙上竟然一幅字画也没有挂上，这又怎么解释？我想，这倒是一件大好事，潜意识中或许认为今次联展会出现"满堂红"（沽售后画的下角加上红圈），墙上展出的所有字画全部沽清。其实梦境解释不了的事，只能自圆其说，不用深究。

梦中虽然一幅字画我们也看不到，但今日袁美芳却传来十多张同学们热热闹闹一起到联展现场参加开幕礼的照片以及联展的字画给我看。美芳要我把他们相聚的热闹情况告诉你，其实梦中我和你同一时间也在现场，看来不用告诉你，你也会见到他们。

彬，最后还有一个好消息告诉你，据说美璐的六十幅插画第一天展出已有人认购了三十幅，所以她高兴地说，这次崇尹、璇璇、修仔去春晖园祭祀你之后，到悦满楼享用"双龙出海"的龙虾晚饭大餐预她请客。

到四月一日那天，崇修一家、崇尹、善怡和我，一共七人浩浩荡荡地起程前往机场接璇璇机，之后，即一起来春晖园见你。也特意在唐人街的利口福买了你最喜爱吃的脆皮乳猪，我想你一定很期待地在等着我们吧。

就此搁笔，下次再聊吧。


**淑珍**
**二〇一八年三月二十八日**
**新泽西州**

# ●第 39 封信
## ○谈设立中国语言及文学系奖学金事

彬：

　　三月底，我终于给新亚书院院长黄乃正教授写了一封信，向他表达设立中文大学新亚书院"中国语言及文学系"两项永久捐助奖学金的意愿。信函内容我在信中一并附上给你看。

黄院长尊鉴：

　　先夫苏庆彬是一九五六年新亚桂林街文史系早期校友，毕业后旋即入读新亚研究所，历任新亚研究员，其后一直任教中文大学新亚书院历史系，至一九九三年退休，迄今六十多年。

　　想先夫一生从事教育，自言从没离开母校，更视母校如家，唯缅创校先师钱宾四、唐君毅、张丕介、牟润孙等诸师之教诲，及得母校恩泽殊深，每感无以为报。前年虽设有新亚书院历史学系奖学金数名，以嘉奖成绩优异历史系之同学，唯对中文系优异之后学弟妹，并无些微捐献，以资鼓励，殊深抱歉，只愧身无余资，无多回馈，并引以为憾！

　　本人何淑珍谨具美元拾柒万五千元，（扣除美国波士顿中大捐助基金代支手续费百分之五）约得一百三十万港元，拟设立永久奖学金基金两项，微薄之捐款，悉数捐赠中文大学新亚书院"中国语言及文学系"：一项是每年颁予该系一年级新生入学成绩优异同学一名（学费半费）；另一项是每年颁予系内各级成绩优异之三位同学（两项章程草稿，见本函末端）。以圆先夫遗愿，回馈母校培育之恩，嘉勉后进之意而已，故特函请，若蒙俯允，捐助资金，容后奉上，些微捐助，冀望集腋成裘，尚祈接纳是幸！

犹记得，先夫在港入院治疗期间，多蒙院长关怀备至，移驾威尔斯医院探望，俟先夫辞世后，追思会中更得多番协助，厚待之情，谨致以衷心感谢！专此，并颂

时祺

苏何淑珍敬启

二〇一八年三月二十六日

为方便奖助学金委员会运作，奖学金之捐款金额及章则草稿将做分别处理，大意如下：

其一为以港币五十五万元，设立"香港中文大学新亚书院苏庆彬、何淑珍伉俪中国语言及文学系入学奖学金"。奖学金颁予主修中国语言及文学入学成绩优异之新亚书院一年级同学，并期望于二〇一九至二〇二〇学年开始颁发，每年设名额一名，领受人可获学费半费之入学奖学金。

其二为以港币七十五万元，设立"香港中文大学新亚书院苏庆彬、何淑珍伉俪中国语言及文学系奖学金"。奖学金颁予新亚书院主修中国语言及文学之同学，由二年级开始颁予每级（即二、三、四各级）学年绩点最高、成绩最优异的三位同学。本奖学金期望自二〇一九至二〇二〇学年开始颁发，每年设名额三名，每名可获奖学金港币一万元。

彬，你觉得我这样分配及安排怎么样？其实捐赠的资金并不算多，不过我确已尽了力，希望抛砖引玉，集腋成裘，能起上一点作用。一直以来，新亚书院的奖学金，据学院报道及以我所知，数目比其他成员书院要少，助学金更是寥寥可数。望此微薄奖学金捐助能增加书院奖助学金的数量，以帮助贫苦却积极学习的莘莘学子。

我今次设立每年以孳息收益支付的两项永久性奖学金基金，奖金虽不多，着重却在嘉奖品学兼优的同学，提高他们对学习的信心，并给予他们精神上的鼓励。我想，这是一项非常有意义的事，同学也不应以所领受金额的大小来衡量。呼吁各方有意玉成此事的人士，能踊跃捐赠，不论捐助多少，当有聚沙成塔之效。

彬，本来我打算在四月五日你生日那天，便叫崇修把捐助款项存入美国的香港中文大学基金会，转送新亚书院，希望设立的基金能早一点收取更多利息，同时也算补送你一份迟来而开心的生日礼物。

后来得知，特区政府财政预算案建议拨款港币二十五亿元，为十间专上教育院校提供配对补助。此项建议倘获通过，今年七月开始，书院所得之捐款即有望纳入配对补助计划之中，而我们的捐款将因此而大大增加其效用。所以我已通知明钿，请他转知新亚，我会改变计划，待崇修从澳大利亚旅游回美国后，才代我寄出捐款支票。

回想二○一五年，你未能设立中文系的永久奖学金基金，为此而感到遗憾，现在虽然迟了三年，却终能达成你的愿望。其实，设立新亚书院中文系奖学金基金也是我回馈新亚梦寐以求的夙愿，为它的搁置我一直耿耿于怀。个中情由，让我在下一封信中再详细告诉你。

彬，今日是你的生辰，在此遥祝你生日快乐！就此搁笔，下次再聊吧。

**淑珍**
**二〇一八年四月五日**
**新泽西州**

# ●第 40 封信
## ○奖学金与股票

彬：

上一封信我曾提及设立新亚书院中文系永久奖学金基金，一直亦是令我常感觉耿耿于怀、屡思回馈而未能完成的夙愿。这事得从我入读新亚夜校的时候开始说起。

入读新亚夜校可以说是我人生中一个极大转变的阶段，亦是改变我一生命运的开始。自小家中贫穷，由九岁开始方于断断续续、辗辗转转的环境下读了数年书，后来位堂药厂办的义校，因缺乏捐助资金停办，小学四年级便中断上课。正感到无以为继的时候，偶得知位于桂林街新亚书院学生筹办的新亚夜校小学招生，于是我试往报名参加，幸而获得取录，就读小学五年级。当时你就是我班的班主任，亦是教我们的国文老师。

新亚夜校的老师，其实都是日间就读于新亚书院的大专学生或研究生，他们秉承老师们的办学理念，利用晚上空置的校舍，只收取象征性的学费，让贫苦的孩子也有机会读书。我适逢其会地能在新亚夜校上课，也在那时认识到你，也许是冥冥中让我俩偶然相遇，天意注定是我们两人今生"千年修得共枕眠"的缘分吧！

一直以来，我的数学成绩不错，因此得到教数学的单增多老师的疼爱，她鼓励我、资助我，使我可以继续升读日校中学，至今我仍是很记挂地感谢她。亦因此我错觉地认为数学是我的强项。

后来渐渐地我才感觉到，其实我是喜欢中国文学的。它动人的地方每每令我忘却自己，投入文章中喜怒哀乐的世界里，它的感情是多么触动我心，它的意境描述得是多么令人回味，阅读时处身其中简直就是一种享受！我会想，如果将来我有机会继续读书进修的话，我一定会选读中文学科的。可惜我没有这个机会，亦没有这种福分，所以，我对能读中文系的同学由衷地羡慕。

奇怪的是，我书虽读得不多，却很有老师缘，从九岁读汉中学校夜校那时开始，便得到校中女老师的特别喜欢。其后在位堂药厂办的义校中，又得到班主任叶觥卿老师夫妇的疼爱而正式把我认作谊女。在新亚夜校的时候，更得到单增多老师的鼓励及资助，使我继续读日校。

言归正传，我读中学时，除数学外我的中文思考能力亦比一般的程度高，所以国文课文的内容我特别容易了解，文中意思也特别容易投入。我记得，在德贞女子中学读初中时，教国文科的雷仁初老师及冯永福老师常叫同学们参考我的习作，作为示范模式。

其后，转大同中学读高一，亦得梁恩民老师赞赏，并鼓励我申请到学校半费奖学金。甚至遇到高二、高三教我班国文科的江家修老师（我们称他"江夫子"，是一位教书很严格而分数打得很紧的老一辈老师），我亦因中文成绩有优异的表现，很得"江夫子"的爱惜，不自觉地在老师面前屡充同学的代言人。

以上说的种种，只是阐明我得老师缘的例子而已。尤其是教国文科的老师，他们都是对我特别关注的，这一点，我想你当日对我亦有这种深刻的感受，而不会提出异议吧？

记得结婚多年后曾经向你追问过，因何当年你会喜欢上我这个小学生，你回答我的理由竟是在批改我当年作文的时候觉得我对母亲很好，是一个孝顺的女儿，也从那时开始注意我。湮远的陈年旧事竟然仍记在心里，可想而知你对此事有多么深刻的感受。

当然，你一向是一个对母亲十分敬爱而极想回报的孝顺儿子，心目中想找一个孝顺女儿，日后亦可作为善待翁姑的好妻子，是你心中冀盼的一件事。但孝顺的女儿想亦不难找寻吧，那怎会偏偏选上我？细想下，或许有一些主要原因连你自己亦不发觉吧？凭我的感觉，做以下的分析，看看我是否说得对。

彬，你还记得吗？那时你出的作文题目，围绕着的都是"我的家庭""我的父亲""我的母亲""我的志愿"诸如此类的题目。一向坦率的我，写文章都是惯性地依书直说，这些作文题目对我来说都是很伤感的，我连父亲的样貌也不清楚，叫我怎么写我的父亲？至于与我相依为命可怜的母亲，我更难过得不知怎样写了。家是怎样？我根本弄不清楚！现在我也记不清楚当日是怎样写，或许写的都是一些凄凉可怜兮兮的话吧？或许正是因为这样，所以你才对我特别加以关注。

其中我只记得有一篇作文题目是《我的愿望》，我把文中的自己比喻为一只毫不起眼、在空中漂泊无依的风筝，若非可怜的母亲执持着不放，它只能随风乱飞，不知目标何在、身处何地，无依无靠，更不知飘落在何方……其意只是喻义自己的可怜身世，恍似空中风筝般随风漂泊，百般无助，借喻风筝处境，表示本身是一个无所依归的孤女，哪敢对自己的将来寄予厚望，更别谈什么志愿、愿望……

●结婚多年后曾追问过你为何会喜欢我这个小学生，你的理由竟是批改我当年的作文《我的母亲》，觉得我对母亲很好，是一个孝顺的女儿，从此开始注意我。湮远的陈年旧事竟仍记在心里，可想而知你对此事有多么深刻的感受。

在日常习作中，说及的只是一种自我感怀抒发情绪，常借着书写聊以寄意而已。事实上，自小孤苦，一向亦无同龄可倾诉的朋友，积压心中伤感的话，往往在书写里不知不觉地便表达出来。诸如此类的感触，往往在文中书写道出，慢慢更不自觉地把你作为一个聆听倾诉的对象。

想不到你看后竟真的如此上心，更在我楚楚可怜动人之下，渐渐地由怜生爱，不知不觉间毫不嫌弃地暗中喜欢上我，而不知其所以然地爱上了我，竟连自己也不清楚真正原因。从你后来对我说的"你是我一生中唯一令我心动的女孩子……"那些话，若是说能令你心动的话，那是给我坦率、至诚、恳切的文字感动了，因而动心了！由此可见，你是一个感情很重的人。而另外一个喜欢上我的原因，当然就是你口中说的，意料我是一个对母亲好的孝顺女儿，日后一定能做迎合你回馈母亲心意的孝顺妻子。

由此可见，文学的感染力量确是很强大、有很深远的影响，也可以说它造就了我俩日后的姻缘，更可以说除了我写关于对母亲好的原因外，冥冥中它亦是担当了我俩这段情缘的真正"月老"！

我静中会想，当年若无桂林街的新亚书院，亦不会有新亚夜校的存在，则更不会有你我两人的偶遇相逢。我俩的缘分，正确地说，是从当年新亚夜校我写的作文开始，是它感动了你，才得以撮合我俩的姻缘。我虽无缘修读文学，在心里也极想成就多些就读中系、文学系人才，亦作回馈单增多老师当日资助我的恩情。借着设立奖学金，回报她一点心意而已。

彬，你是知道的，我的性格很固执，从哪里跌倒我一定会从哪里爬起来！你也知道，我一向没有外出工作，没有赚钱能力，那大笔的捐款我应该怎样筹措？金钱是不会自动地走到我面前，它亦不会平白无故地送给我，那怎么办？

这一点，我很清楚地知道以自己的能力是可以做到的，我认为可以帮助我继续完成这个任务，能赚取那大笔的资金，只有寄望下一次股票市场上的牛市重临，股价能回复上升，我持有的股票股价继续上涨，替我赚回来。

去年的香港恒生指数，经过一段长时间的整固后终于冉冉地向上升，各类股票虽没有全部上扬，但我手持的"兖州煤"竟幸运地节节攀升了，我把涨价了的"兖州煤"全部沽出，一部分改买入"中国铝业"以留作日后我缴保险费之用，另外多赚取的一笔款项，悉数捐予新亚书院中文系，设立了中文系新生入学及颁发主修中文成绩优异学生的两项奖学金。

这两项奖学金，金额虽仍是不理想，但我不敢再僵持地在股票市场上继续等待下去，在现今恒生指数动辄数百点的急剧上涨下落、变化莫测的市道里，免得夜长梦多，还是保守一点的好，不要太贪婪。也得计算一下了，不论款项捐赠多少，我已是尽力了，终于让我完成这个使命，也算还了我俩的一桩心愿！

就此搁笔，下一次再聊吧。

**淑珍**
**二〇一八年五月十一日**
**新泽西州**

## ●第 41 封信
## ○近况数则

彬：

你好吗？这两个星期我都没有写信给你了，你一定很记挂着我吧！现在，我把家中最近发生的事情分段一一告诉你：

### 新书《寒窗杂感》和《窗前小语》

老公，首先我要告诉你一个意外的好消息，我写的《寒窗杂感》及《窗前小语》的文稿，天地图书竟然答应合二为一出版。

成书概况，得追溯至二〇一六年，你在威尔斯亲王医院治病期间，美璐转给我天地图书编辑吴惠芬小姐的一封电邮。据说她看完我写的《珍收百味集》后心中觉得很是感动，并过誉地称为一本好书。后来我却因心情不好而一直忘记了回信向她致谢，想来实属没有礼貌！

最近，重新翻看旧邮件后即回信给她，以表致歉，更向她致以深深的感谢！想不到她在最近书展百忙中也实时回复一封长长的信给我，真挚诚恳的态度真令我感动！她是一位性格坦率、快人快语而肯帮助别人的人，或许这点我与她性格颇为相近吧，很快我们就成为无所不谈的忘年朋友了。

后来她得知我写了多篇文稿，要我传一部分给她看，当她看过全部篇章目录及数篇文稿内容后觉得十分感动，希望我日后可以结集成书，并答应义务替我校正整理，及极力地向"天地"引荐出版，幸蒙"天地"不以见嫌允许了。

彬，说实在话，我写这些书信形式的文稿，初意只属自我情绪的感情抒发，其后更借此向你略说我的生活近况而已，其实并没有要出书的念头，所以，写得非常随意，更没有特别注意文中的修辞。现今一旦要出书发行，便得把旧稿重新翻看，更正一下文句的修饰和字例的统一问题了。

所以，这阵子我一直忙于重新整理已写好的旧稿件，点算之下已写好的稿件有六十多篇，也超过十五万字了。我预算在六月中回香港之前，不客气地把文稿全部传送给吴惠芬小姐，好待她有空的时候提早替我校对及整理。

"天地"本是预算在今年九月出版，因希望美璐能够在书中替我加画插图，据他们说我撰文、她插图是我们母女两人合作出版书籍的特色，也是"天地"书中有图的风格。

因美璐刚完成她在天地图书出版的一本《童心同戏》儿童画册，书中的一百多幅插图花了她不少时间。这段日子，她长时间地在 iPad 前作画，最近眼睛感觉不大舒适而需要休息一段时间，所以《窗前小语》因此延后改在明年春天才出版。


## 龙卷风

彬，上星期二突然而来的龙卷风，可有令你大吃一惊？我可从来没有见过这么猛烈的飓风，想你一定也没有见过吧？真的很恐怖啊！

记得那天天色一直非常晴朗，阳光特别猛烈，灿烂夺目。平日我会在早上或近黄昏太阳没有那么耀眼的时间到园中走动，那天因阳光真的太刺眼了，正等着黄昏时阳光稍转弱才到衣冠冢旁见你，可是到了下午四时左右，天色一下子转变为昏暗不见天日，像漆黑黑的晚上。

只听到窗外强烈飓风的怒吼声、树叶急促沙沙的摇摆声，前后不到十分钟的时间，竟然可以发生这种意料不到的事、这种恐怖的事情——衣冠冢旁不知种了多少年的一棵大树，竟然被连根拔起，刚巧倒在你衣冠冢的后面，把附近一带的小树也一起压坏，幸而衣冠冢尚能完整无缺地保持着，没有给大树压中。不过，我想你一定受到惊吓了！

我在想，那天天气若不是转变得那么快，那个时候或许正好是我到园中走动见你的时候。若刚巧遇到这个突然而来的龙卷风，连多年盘根的大树也连根拔起倒下，我自然也会走避不及的，给大风不知吹到哪里去，或许可以提早到春晖园陪伴你了。正是祸福皆早定，半点不由人。

现在，后园中满目疮痍，堆积如山的树枝散乱在草地上，倒下的大树干仍是悬空斜挂着，整个后园乱七八糟的，正等待着清除大树的工作人员来处理。天有不测风云，这次却害得修仔无端地破了一笔大财，得花数千美元请人清除园中破坏了的树木。

清除了倒下的大树后，"衣冠冢"的周围空空一片，无复原来美丽的景色了。没有了旁边种植了多年的两棵大树，亦没有附近替你遮挡阳光、摇曳生姿、叶子七彩缤纷的小树，你一时也许会很不习惯。不过，无论外面环境改变得怎样，我仍是

●衣冠冢旁不知种了多少年的一棵大树，竟然被连根拔起，刚巧倒在你衣冠冢的后面，把附近一带的小树也一起压坏，幸而衣冠冢尚能完整无缺地保持着，没有给大树压中。不过，我想你一定受到惊吓了！

会和以前一样，每日不变地走到你跟前，和你说说话，你永远是不会寂寞的！

## 母亲节的礼物

彬，母亲节美璐寄给我的礼物，你猜猜看是什么？想你一定猜不着，还是让我告诉你好了：她把《飞鸿踏雪泥》新书封面上你的肖像画印在一个白色枕套的两面，作为礼物寄给我。

彬，这个封面美璐画得真不错，是一幅你专注写作时的画像，不但样貌酷似，连神气也活灵活现的，她真的捕捉到你的样貌及栩栩如生的神态了，我想你看到一定会喜欢的。

还是贴心的女儿晓得母亲心意，知道我记挂着你，特意把画得酷似父亲的肖像印在枕套上，作为送给母亲的礼物，好让它陪伴着我，也象征着父亲一直陪伴在母亲身旁。我把它装套好，变成一个揽枕放在我们睡床旁边，这样你就可以夜夜永远陪伴着我了！谢谢她！

## 回香港

彬，我终于订购到往返香港的机票了，崇修特意把去香港的那一程替我换成商务客位，想让我回港航程中坐得舒适些，也作为送给我的母亲节礼物。袁美芳和吴火有夫妇很有心地早早便订了同一日同一班飞机陪我一道回美国，修仔把我们几人的座位安排在一起，长途飞行中可不用寂寞了。

●还是贴心的女儿晓得母亲心意，知道我记挂着你，特意把画得酷似父亲的肖像印在枕套上，作为送给母亲的礼物，好让它陪伴着我，也象征着父亲一直陪伴在母亲身旁。

●袁美芳、吴火有、黄百连三位同学，亲到春晖园墓地拜祭老师。

他们三人这次陪我回美国，除了亲到春晖园墓地拜祭你之外，主要是代表新亚书院各位同学在园中老师衣冠冢旁植上他们早定名为"新亚树"的小枫树，希望这一株小枫树在老师陪伴下日渐长大，也代表同学们对老师的敬重和心意。

记得二〇一六年十一月到香港参加你的追思会后，今次是我第二次单独一人回香港了。掐指一算，离开香港也超过二十个月了。虽然我好像连根拔起似的去了美国，但我始终都是很记挂着、怀念着香港的一切。毕竟我在香港生活了大半个世纪，像老树盘根到处仍保留着不少足迹，感情上更是挥之不去。加上我一向不易投入异地环境，这种心情，跟关云长"身在曹营心在汉"的情况也许是相同的吧。

此次很开心的是我能够在香港停留三个多月，仍是暂居于亲家母将军澳坑口蔚蓝湾畔家里，是我移居美国后历次回港时间最长的一次。这得多谢亲家母贴心地在这段时间转去美国替我照顾圆元他们，我才可以无牵无挂地留在香港。今年我可以在香港过中秋节了。

记得二〇一二年的中秋节，四嫂请我俩在她家中过节，一大群人在她家里吃晚饭，多热闹！那年是我们移居美国后第一次回香港，当时我们两人身体仍未转差，回香港两个月是最长的一次，也是回港最开心的一次。算来已是六年前的事了。

今次回香港要办的几件事，我不记得在哪一封信里曾经告诉过你了，现在不厌其烦地摘要向你再说一遍吧：

一、要换领十年到期的香港特区护照，可以的话，把要转换的香港新身份证也一起办理。我说过，香港所有的身份证件不管将来是否有用，我也一定会继续保持——香港人的身份，我一定会永远保留着的。

二、你的新书《飞鸿踏雪泥》，我回港的时候中华书局应该已出版了，内容是你走后我一字一字和着泪水替你抄写联结起来。本拟留着做纪念，今竟然可以成书，真的替你高兴，我想你亦意料不到吧。今次我适逢其时地在香港，赠书方面看看我能否可以帮忙。

据说美璐由天地图书出版的《童心同戏》在七月份准备参加香港新书的联展，这是她继《往食只能回味》第二本自撰自画的图书，是说及她儿时种种游戏的一本儿童图画书册。我在香港停留的那段时间，七月时开的书展我也可到现场观看了。

三、我这次在香港期间，袁美芳等同学打算组团陪我一道前往台湾，主要探访李广健。想起上一次二〇一二年我俩去台中探访李广健之后，距今也有六年的时间了。广健搬迁到以爱学校宿舍后，也曾多次邀请我们到台湾探访他搬迁的新家，遗憾的是你因病一次也去不成。今次一大群人的到访，热热闹闹的，我想，广健夫妇一定很高兴。

四、在恒生银行的存款，我回香港时要把累积的款项提出，除了停居香港三个月的生活使用费外，余下的会兑换成美元带回美国。其实存款的来源除了《珍收百味集》的版税外，主要是美璐每星期替蔡澜先生画插图的稿费，按月存入银行给我俩做生活费，数十年来她都是这样，从不间断，所以美璐在香港替蔡先生画的插图，收入都是送给父母做生活费用。而她自己在香港并无收入，这是儿女对父母的心意。我们对儿女回馈心意，从来都是

●袁美芳、吴火有、黄百连三位同学，千里迢迢专程从香港来美国，到老师墓前拜祭。

●他们三人这次陪我回美国，主要是代表新亚书院各位同学在园中老师的衣冠冢旁植上一株早命名为"新亚树"的小枫树。

●希望这一株命名为"新亚树"的小枫树，在老师陪伴下日渐长大，也代表着同学们对老师敬重和思念的心意。

●二〇一二年我俩去台中探访李广健之后，距今也有六年了。今次大群人的到访，热热闹闹的，我想，广健夫妇一定很高兴。

很乐意接受而不会推辞的。

　　很难得今次回香港有三个多月的时间，我得好好把握这个难得的机会，再到我俩曾经在香港居住过的每一个地方，去缅怀、去思念、去追寻那已经消逝了的时光。

　　我在想，今次回美国之后，不知何时何日才有机会重返香港，也不知能否再有机会。毕竟一个年近八十岁高龄的老人，身体状况真的一天不如一天，什么事也由不得自己做主了。唉！做一日和尚敲一日钟，年老的我，真的今天不知明天事，说不定这次已是我最后一次到香港了！

　　惆怅得很！就此搁笔，下次再聊吧。

　　彬，下一次的信亦可能是我写给你的最后一封信了！


**淑珍**
**二〇一八年五月二十七日**
**新泽西州**

## ●第 42 封信
### ○最后的一封信

彬：

我的脑退化症状真的越来越严重，记忆力真的越来越差了，头痛得也越来越频密，这是我最担心的一件事。严重到心里想做的事情或刚放下的东西，往往一分心，转眼之间便忘记得一干二净，连自己原来想做的是什么、东西放在哪里一点儿也不记得。最糟糕的是提早一点告诉我的事情，往往过两三天后我一点印象也没有，像空白的一片，真恐怖啊！怎么办？自从去年复活节在后园中我亲手替你设立衣冠冢后，一年有多的时间也写下五十多封《窗前小语》的长信给你，其实，写信给你的目的除了想告诉你我的生活近况及抒发心中郁结情绪外，也是想借此多锻炼脑袋的思维能力，希望多锻炼刺激之下，能够减慢脑退化的速度而已。

不过，看来这个方法并不见得真的有效。若真有效用的话，那怎会有经常用脑思考的先贤、学者——例如"光纤之父"高锟先生脑退化发病的后期，竟然连自己亲自发明的光纤也不知是什么。想来真的令人难过、惆怅！

彬，我在上一封信的末句告诉过你，这可能是写给你的最后一封信了。首先，我得向你郑重地道歉，请原谅我不信守诺言！我记得，我曾对你说过你走后，我会把我所见、所闻、所思、所想、所感及日常生活的状况不断写信告诉你，让你知道我内心世界的感受、日常生活过得怎样，但现在发觉我可能做不到了！

问题就在我执笔忘字的程度加深了，以前我在写《珍收百味集》时，偶然也会有这种情况发生，但有你在我身旁，像有一本"活字典"在身边陪伴着，稍不记得，便得到你的提示，故全不觉得我会有这个毛病。

相对地，就我现在而言，心中虽有千言万语想向你说，但执起笔书写时却总觉得字字很艰难，经常思索不到怎样写，下笔有如千斤重，问题自然就出来了。我清楚地感觉到，我认识的字已慢慢从我脑中游走了，以前很熟悉的人名、数字、地方……亦都慢慢淡出了，所有的记忆都糊糊涂涂地捉拿不稳，事情像浑然地混在一起。若着意去思索，头又开始感觉疼痛，没办法，我只得放弃不想了。

虽然现在我仍然能够很清楚地把我这种感受说给你知道，但在这个情况下，我不知道还能支持多少日子，不知在什么时候，我会把所有事情真的忘记得一干二净，有朝一日甚至连自己是谁也不知道。如此等待，真是一件可悲的事！或许到那个时候，三千烦恼丝也可解脱了，什么也不用想，但儿女又会怎样？

唉！身体机能衰退，反正也是无药可救的脑退化毛病，看医生也属多余的事，说出来别人亦帮不到我，提早担忧更是毫无作用，不说也罢！目前我可以做的，只能选择把重要需要记住的事，都用纸笔记录起来以作自我提示。我想，还是这个方法最有效、最实用，或许它可帮我度过这段剩下来的日子，希望把残余的记忆能力多维持一段时间。

老公，以上我说的这些话，可能惹你伤感及替我忧虑，我更知道，你一定会体谅我以后不写信给你的原因。余下的日子，虽然我没有正式写信给你，但我可以肯定地告诉你，只要我一日仍有思想、一日可以行走，天气好的日子里，我一定会继续到后园的衣冠冢前把我心中所思、所想及生活的近况，向你细细倾诉，这样我就可减少执笔忘字的问题，不致信写得越来越慢，而你一样可清楚知道我的生活情况了。

其实，这一年多来，给你写下的多封书信，亦可聊作日后写给你的书信，想我在美国的生活已了无新意、死水一潭，不说也罢，其他年中的每个节日在各旧信中已屡屡涉及，我相信就是日后继续写信，不外都是写这些，所以，你若是感觉寂寞，可重看我写给你的旧信，就仿若我现在不断地重看你在英国休假时写给我的书信情形一样。你一向喜欢翻看旧信，亦有收集书信的习惯，想象中你一定会这样的，是吗？

彬，范家伟告诉我，你的补充本《飞鸿踏雪泥》一书，中华书局已出版了。家伟说："书印刷得很精致，希望能告慰老师在天之灵。"为完成这书也真辛苦他了。想你知道了一定很高兴！我们回购的一部分新书已悉数送到家伟的办公室，我这次回港，正好与他们商量新书赠送友人及善后处理的适当方法，太多的书籍也不便长期放在家伟办公室里。

彬，想你一定希望知道，当我写完这封信之后，我会计划写些什么。告诉你吧，在我最后仍可书写的日子里，我预算这次从香港回美国后，会继续替你完成一件你以前想做而最后没有完成的事情——你留下拟给美璐画插图的"香港战前的街档与行贩——各业的式微与发展"的每一篇简单叙述初稿，我想把你写的简单初稿，根据你的原意，着意替你加以详细叙述说明。

记得我在写《珍收百味集》的时候，当我传送文稿给美璐，很快美璐便画回插图给我的时候，你曾酸溜溜地说女儿偏心母亲，母亲的事她那么在意，你早前传给她的稿件却全不理会。

当然你只是口中说说而已，其实你比她更着意，更希望美璐能快速替我完成此书的插图，想及妻子与女儿两人的合作，也是一件极为难得而有意义的事。

你遗留下给美璐的手写稿件说："这是香港尚未进入最新现代化之前的香港史的一个阶段，描写香港当时部分市民的生活状况。以下是简单地叙述草稿，以便给你绘画之用，若有兴趣画此书时，才认真叙述说明。"可惜，现在女儿即使有兴趣给你绘画插图，你亦不能给她认真地叙述说明了，也是一桩憾事！有一个善于绘画的女儿多难得，你心中自然是很高兴，当然希望父女两人能合作完成此极有意义的图文书以作留念，她当时没有回应你，亦难怪你真有些失落，而觉得女儿有点偏心母亲。

事实上，你给她的初稿，文字写得真的太简单，稿件中说及的各行业，幸亏我与你是同一个时代的人，否则相信并不容易看得明白。稿子里添加上简单的图片辅助说明，图片画得虽然很简陋，不过却非常有动感，看来你真的花了不少心思去构想。这些稿件全部是描写香港战后街头小贩的各类行业，完成的已有七十七篇，而你说有一些尚在思考中。

我想就趁我现时仍有少许残余的记忆能力，看看能否按照你原稿中的意思依图解说，在文字上加以详细述明，冀望留下的稿子，或许有一天机缘巧合下，美璐日后有兴趣替你此稿绘画插图，更有出版社出版。那时，真能完成你冀盼父女俩合作的夙愿，亦

序言

## 香港戰前街檔、行販行業的式微與發展

香港在日軍侵佔淪陷期，人口不過七、八十萬，是現在十分之一。除部分新建築最新的舊高樓大廈外，普通樓高只有三、四層。街上除了一些繁盛商業地區，車輛和行人還是稀少的。所以街頭巷尾，處處都有檔口和流動小販行業，許多市民都仰賴維生，養活全家。這是香港當時呈現的狀況。

在今天進入太空時代，昔日空中所見的是螺旋槳的飛機，還經傳月亮有吳剛伐樹、嫦娥奔月故事，今天人類已經登陸月球，太空人經常在太空漫遊。而香港各行業的小販，若非有高速發展，則絕大多數已式微、成為陳蹟。例如：在街邊掛著用紅色紙寫著：「有房出租」、「店鋪轉讓」、「招請女嬙」字樣的街頭經紀，只賺取一些「鞋金」（即佣金）。現今這些行業已經變成大規模的地產公司，甚至成為上市大企業了。在街邊一角，坐著專替婦女捲面毛、梳頭的，而今一變為時尚的美容院、化妝公司了。昔日單獨一人、或三、五成群夥在一起的「咕喱（苦力）」等待招請作搬家或運貨的顧客。現在蛻變為大規模貨運輸公司的物流業了。以前擺字花的檔口，今天成了政府合法「六合彩」賭博公司，獎金動輒千萬元。在街邊出租連環圖畫小說的（許多內容，如：千里眼，今日可以在手機面對談話；順風現今可在天涯海角，任何地方可以通電話；連環圖中的放飛劍，而今的地對空飛彈現今一一實現）。那些租連環圖公仔書的檔口，都變成圖書館了。

今天許多街頭小販，未能蛻變為現代化的大企業，只有沒落而為陳跡。縱使苟存，已是鳳毛麟角。

回顧，昔日街頭的小販各行業。不僅可見香港數十年來演變，亦可視香港人從前很大部分生活狀況的一斑了。

●这次从香港回美国后，会继续替你完成一件你以前想做而最后没有完成的事情——你留下拟给美璐画插图的"香港战前的街档与行贩——各业的式微与发展"的每一篇简单叙述初稿，我想把你写的简单初稿，根据你的原意，着意替你加以详细叙述说明。

●有一个善于绘画的女儿多难得，你心中自然是很高兴，当然希望父女两人能合作完成此极有意义的图文书以作留念。

是一大佳话。

无论如何，将来你们能否有完成合作的那一天，我都希望能够继《飞鸿踏雪泥》一书之后，可以代你继续完成另外一件事，更希望我会写得迎合你原来想写的心意吧。

彬，以我现在书写速度来看，近八十篇的文稿，也需要一段颇长的时间才能全部完成，真希望我能支持到完成的那一天，也是我可以帮你做的最后一件事！你得保佑保佑我了！

以后的事，我会在你衣冠冢前逐一告诉你，所有的事你一定会很清楚，也会知道的。

祝你好！就此搁笔！

**永远怀念着你的妻子　淑珍**
**二〇一八年六月五日**
**新泽西州**

## 附录一：谈夫妻相处之道

　　回顾很多新婚夫妇结婚时在证婚人面前"许愿"说爱对方，说什么祸福与共、贫病不弃、生死相依等许诺，但当相处时间长了，新婚时的热情日渐减退了，而遇到上述的问题时，是否真如许诺一样，就不得而知了！为什么有些老年夫妇结婚多年，仍然可以恩爱如昔，而有些夫妻，热情刚过，问题一来则弄到水火不容，焦头烂额地互不退让而导致离婚收场，我想，这就关乎夫妻之间如何相处，及如何面对和解决问题了！

　　夫妇两人从最初的相遇、相识，继而生情，情到浓时，结婚是很自然的一件事，是"千年修得共枕眠"的缘分，但婚后能长久相处、恩爱不变则绝不简单，要知道两个思想不同、性格有异或生活背景不一的人一起生活，自然是较以往单身时复杂得多；两人相处已觉不容易了，若再加上双方家人诸多说话，相处更难了。在此情况下唯一可以说："一对夫妻能维系一辈子，恩爱如昔，相扶到老的关键，就是心中有爱！""爱"是无形的，是天性使然的，是埋藏在心里的，透过爱才有情的表现，所谓情根心种；"情"是让人感受到的，行动上也可表达出来；"情"进而为"义"，卢国沾先生有一首歌词，开首那几句写得真好："情与义，值千金，刀山去，地狱去，有何憾，为知心牺牲有何憾……"既然情可转而为义，义者宜也，正确地说，它告诉我们，何谓对，何谓错，怎样做才会合适，一步步地带领着我们去找寻爱的路——是"心中爱的路"，是有形的表现，由此我们可以知道正确的表现方法及如何维系夫妻相处之道了。

　　有人说夫妻最重要的维系方法是灵欲一致，这点我非常同意，有诸内而形于外，内外本是一体，是无可非议。也可以说，靠着爱去满足生理上的需求，也靠着这种需求而完成人类传宗接代的伟大使命。但是否只要灵欲一致，便永久保持心中的爱？那只是年轻时表面的看法，是不能持久的，要知道"欲"只是一时情绪激动而产生，激情过后，还是靠心里的爱来持续，这种维系方式才能长久，才可保持永远不变！

　　所以，夫妻俩结婚多年，仍应多为对方想想，想着自己结婚时原是多么爱对方，婚后，若仍旧遵循着原来"爱"的道路而行，不知不觉间爱自会加深了。如此一来，不断充满着爱的你，心中自然会为对方喜而喜、忧而忧，忘我地为对方付出、为对方设想，不计较地帮助他。

　　两人应该经常注意沟通，来解决婚后出现的各种分歧，以爱屋及乌的平常心态去看待及爱护对方的家人；遇有困难时，若能互相支持而达到行动一致的话，这样双方除能融洽相处外，更可增进彼此感情，何乐而不为？

　　维系夫妻感情除了上述之外，最重要的还有以下要注意的地方：对伴侣最重要的是保持诚信、尊重、互爱、互谅、互让。婚姻最忌讳的是丈夫或妻子的不诚实、见异思迁、不忠心的背叛，若怀有异心，则是任何一对夫妇都不能容忍的事，所以夫妇结婚后第一件事，二人一定要坦诚相待，信守结婚时的承诺，夫妇两人更可凭着真挚交心的互信，相处得更为融洽，而爱亦会不断加深，可以说诚信是夫妻间相处一辈子的首要之道！

老实说，两人能相处一辈子，真的不容易，相处时间久了，也不会永远没有问题，同时也因性格及处事不同，其间少不了会发生意见相左的情况，这时可怎么办？我看还是由心中充满着的"爱"来发挥作用，让它化解这难以解决的问题吧！

看看"爱"字是怎么写的，就是爱中藏有心，只要你心中对他存有爱，不想小事扩大，不忍心破坏你心中对他的爱时，你自会为他设想、对他包容、对他忍让、无私地付出，哪怕自己受伤，也会为爱而忍、而让，能做到如此，真的十分可贵！能做到如此，亦全靠一个"忍"字！

再看看这个"忍"字是怎么写的，是用刀子刺在心上而滴出血的样子，可想而知，忍是多么困难！但你为了爱他，你会不惜一切地去为他，人们常说："忍一时风平浪静，退一步海阔天空。"做人如此，夫妻相处之道更应是如此，所谓"百忍成金"，又说"小不忍则乱大谋"……想来是有很高深的哲理！

人是有良知的，不论男或女，都是有感情的，"爱"是双方发自心底深处自然感应的，是心中灵性的触觉慢慢积聚而来，是长久的，也是恒久的，所以你对他的种种帮助、爱护，跟他的家人和睦相处，他是深深感受到的，是会衷心对你感激的；至于你无私的奉献、体贴的谅解、真挚的爱意，他怎会不刻骨铭心地感动而思回馈你，又怎会不诚信地与你相爱过一辈子呢？这才是夫妻相扶到老、相爱不渝、白发齐眉相处和谐之道。

二〇一五年冬
新泽西州

243

## 附录二：思念

　　"窗外细雪纷飞，寒冷的夜空，寂寂的晚上，只有孤灯斜照，更觉心境孤独，无限凄凉，无眠的晚上，不禁思潮起伏，无从倾诉，举笔难书！"记得二〇一六年的一月，新年刚过，这段时间，我正在赶写《珍收百味集》这一本由我撰写、大女儿美璐画插图的新书。冬天新泽西州的天气，经常像现在下着融融如柳絮纷飞的雪花，风声呼呼，寒风刺骨，室内虽有暖气调节，半夜醒来亦往往不能再入睡。更深人静的夜半就成为我写文章的好时间。

　　我写好每一段稿件后，便传送给远在英国的女儿，而她很快便画好插图初稿传回美国，一来一回的书稿传送，也维持了大半年时间。在这大半年当中，也给在病中的丈夫带来喜悦的期待，他期盼着看女儿为妻子撰写的每一篇文章而传来的插图，渐渐地也养成他在这段时间先睹插图为快的习惯。无可否认，妻子和女儿的通力合作撰写，是极为难得的一件事，而书中大部分描述，亦可算他后半生的写照。我想，他心中是很高兴的！可说是至亲家人送给他最后一份难得的礼物，亦是促使我在这短短时间内能完成《珍收百味集》一书的推动力。

　　一向以来，自以为自己感情是很理性，性格是很坚强，不容易动不动就触景伤情，更不会随便下泪。可能年纪大了，感情比较脆弱，稍有感触，泪水便像决堤而下泻，不能自制。记得去年一月中，夜半，我在《珍收百味集》一书中正写至亡母逝世当日情境，坎坷一生的母亲，彷徨无依的孤女，五十多年往事一幕一幕地重现眼前，犹历历在目，悲怆情怀，恍如当日，以至泪眼盈眶，几写不下去，很不容易。数日之后才告完成此篇，但双眼却哭至红肿，心情久久也不能平复。以后真怕重提伤心事。

二〇一七年一月十五日，窗外仍是如常一般，白雪覆盖着大地，寒风萧瑟，一片凄凉。今天，是我和丈夫结婚五十四周年的纪念日子，是我五十多年来孤身一人过的第一个结婚纪念日，没有丈夫陪伴的日子多不习惯，也多伤感，多难过！

回顾往日，每年的生日或任何纪念日，我们从没有礼物互赠的举动，更没有送花那种浪漫情怀。嗜食的丈夫，总爱在每一个纪念大日子里，巧立名目出外找寻美食，大吃一餐，仅此而已。

以往孩子在家时，这日会是全家出动，围坐一起，非常热闹，丈夫定此日为"家庭生日"纪念日子。其后儿女们在外读书、结婚后都居住在国外，只剩我们两人，我们也喜欢在这个纪念日出外走走，直至吃罢晚饭后才回家。多平淡而温馨的日子，教人真怀念啊！

二〇一六年九月九日，这是一个噩梦的日子，身罹恶疾三年的丈夫，终支撑不住辞世了，离开了这个居住了八十五年、带着满腔怀念的世界；但愿这真是一场噩梦，一觉睡醒，境况如旧，这该多么美好！

在讲坛上，他毫不厌倦地讲了数十年的课，人生下课铃声也终响了，现在他可真的下课了，向这个世界告别，可以不带走一丝遗憾地走了，正如他自己说"上不愧于天，下不怍于地，此生可说问心无愧，而走亦无憾矣！"。他的一生诚无憾，可以放下一切，潇潇洒洒地走了，却放下数不清的思念与我，房中一角、厅中一角、书室中任何一个角落，处处有着他的影子，有着他的一切一切，所有情境仍像停留在家中每个角落。他的一举一动，日常生活片段，无一不是梦牵魂绕烙在我脑海里，存放在我思念中，一朝淡忘，谈何容易！

如果说，时间可以冲淡一切，时间久了便会重新适应，而什么事亦会慢慢忘记的话，我认为那些话都是骗人的，也是自我欺骗，根本没有这回事！且看先母逝世已有五十多年，直到如今，我何尝有一刻忘记。更何况是共同生活相伴了五十多年刻骨铭心的丈夫。他走后，家中一切仍如从前般保持着，我怕他回来没有归属感，亦怕改变环境后他再不知道回来。数月已过，因何仍不见他在梦中与我相见？许是怕我伤感，还是真的把我忘记？

夜阑更深，窗外仍飘着毛毛雪花，欲细诉，却无人，心境孤独，无处话凄凉，教人好不烦恼。又一个无眠的晚上，唉！何时到天明？

**二〇一七年一月十五日**
**新泽西州，结婚纪念日的午夜**

●记得去年一月中，夜半，我在《珍收百味集》一书中正写至亡母逝世当日情境，坎坷一生的母亲，彷徨无依的孤女，五十多年往事一幕一幕地重现眼前，犹历历在目，悲恸情怀，恍如当日，以至泪眼盈眶，几写不下去……以后真怕重提伤心事。

## 附录三：旧信

"风萧萧兮雪纷飞，斯人去兮不复还，如此断肠寒窗下，孤灯斜照，教人怎不泪垂！"窗外的雪下得更大了，萧瑟的风声不断，厚厚盈尺的积雪，覆盖着整个大地。又一个无眠的晚上！

面对着窗外大雪纷飞的夜景，没有诗人诗中浪漫，更没有画家画中情怀。虽在暖室中，窗外飘来的片片雪花，亦仿若刀刀刺于身上，令人浑身寒冷，心境只觉无限凄凉！

阴阳成阻隔，世事两茫茫，岁月不饶人，往事只能成追忆。坐在丈夫惯坐的椅子上，面对着书桌上的一大堆旧书信，不禁思潮起伏，百感交集！这些陈年旧信，却带给我一丝丝暖意、无限的唏嘘与数不尽的怀念！

记得丈夫在患病后期，曾提示过书柜中有我写给他的书信，当时我也不以为意。他走后，忆起此事，四处找寻下，果然在他书柜中找寻到一大束他一九七八年至一九七九年休假去英国的一年及一九八五年我停留在英国陪伴美璐的半年，我寄给他的书信。一年半的信件，竟有七十多封，他把我这些信件完完整整地依着日期次序整齐排列，一封一封地保存着。他如此细心，对我如此看重，真令我感动！

我不停责备着自己，也深怪自己的不是，深悔着他当年寄给我的信，怎不好好也替他保存，自己怎能如此疏忽，真该死！很奇怪的是，那段时间他写给我的信，怎么一封也找不到？真不明白，它们统统去了哪里？没理由它们全部会自动消失。

意外！后来，我在他另一个书柜中，找到一大束他寄给我的信，全部也有八十多封。信封多是不完整的，信封上的邮票都给崇修拿走，亦有些只是保存着信件而没有信封套着，一封封依时间次序排列保存着。这时我才知道，原来所有他写给我的信，也是统统给他早已收集起来，难怪我遍寻不获。我不知道他为什么这样做，也不清楚他怎样找寻到，我想他花的时间应也不少，亦不容易。我相信很少人会像他这样细心，这样有耐性。他对我如此珍惜，如此看重，这种深挚的感情，真的令我非常感动！也幸亏他这样做，替我着意保存着。这些信件，可说是他离开我后，送给我的一份毕生难忘又珍贵的大礼物！这是任何贵重物品也替代不了的。我想，他的用意亦是这样吧。我会好好珍惜的！

近四十年的书信，年代久远的往事，几乎忘记了，我把这段时间两人互相往来的信件一一排列整理，全部共有一百五十多封。重看之下，一幕幕的前尘往事恍如昨日，历历在目地都涌现眼前。丈夫的来信，字迹都是很工整，写得很仔细，往往两三张信纸都给他写得密密麻麻，写的虽都是些闲话家常、异国之风情、思家之情怀、游子之寂寞、女儿找学校、生活之点滴……却尽是细致的记叙。

当年虽不是少年夫妇，没有少年夫妻的浪漫情怀，也是结婚后十六年的第一次长时间分离。两人各处一方，互相牵挂，也是很不习惯。只能在薄薄的信纸上，互相写下家里的日常琐事，传递给对方，细诉思念对方的情怀。丈夫说及每日早餐时看到邮差从门前经过，都期待着邮差会送来妻子的来信，借书信的传递以慰藉离家寂寞；而我亦在他的来信中，在他的细意叮咛下，每每感受到无限温馨，借以释怀！

现今，信息科技高速发展，传递书信已不需邮寄，手写的邮寄书信已渐为稀少，日后更可能绝迹，给实时传送的电邮取代了。真可惜！时至今日，我仍认为电邮虽有快捷传递之方便，是世界的进步，本无可非议，但无论如何，看着对方熟悉文字书写的信件，与摸不到、拿不着的电邮相比，感觉上是无可比拟的。那种透过字里行间的感情是无法取代的，是有一种心灵感应的！可透过笔墨纸张感受到书写者当时的情绪而产生共鸣，若细心阅读书写的信件，更可说是一种精神上的享受和心灵上的慰藉！

记得当时也曾为两人的分隔两地弄得如此互相牵肠挂肚而感到有些不值，今日反觉得幸有昔日的小别离，才能留下这些值得珍惜、值得怀念的旧书信，它把我深藏于心的长远感受、细水长流的感情重新牵动起来，借此可稍作抒怀，睡不着，看着它——他写的来信，一个字一个字不停在我眼前跳跃着，像跟我细意地倾诉着，仿佛只觉丈夫仍身处远方，只是暂时仍未回来！

很感谢丈夫如此细心，如此有意地为我早做安排，也真难为他，提前为我设想得如此周到，信件给我细心地保存。它带给我无穷思念，数不尽的回忆，它可以为我消愁，亦可以为我解忧。

今后，当我每一次反复看着它们，亦可聊作每一次短暂的离别，只是伤离别！再期以等待，是一种盼望，盼望着离别后重获团聚的一份喜悦，直至永远！永远！永远……

**二〇一七年二月十四日　情人节的雪夜**
**新泽西州**

图书在版编目（CIP）数据

春天该很好，你若尚在场 / 何淑珍著. —郑州：
河南文艺出版社，2022.4
ISBN 978-7-5559-1278-1

I. ①春… II. ①何… II. ①散文集 – 中国 – 当代
IV.①I267

中国版本图书馆CIP数据核字(2021)第267615号

原著作名：《窗前小語：給丈夫的信》
作者：何淑珍
原出版社：（香港）天地圖書有限公司
中文簡體字版 2019 年，由北京時代華語國際傳媒股份有限公司出版。
本書由天地圖書有限公司正式授權，經由 CA-LINK International LLC 代理，
北京時代華語國際傳媒股份有限公司出版中文簡體字版本。非經書面同意，
不得以任何形式任意重制、轉載。
豫著许可备字 –2021–A–0206

## 春天该很好，你若尚在场

何淑珍 著

| | |
|---|---|
| 选题策划 | 陈　静 |
| 特约策划 | 胡　杨 |
| 责任编辑 | 陈　静 |
| 特约编辑 | 胡　杨 |
| 责任校对 | 殷现堂 |
| 装帧设计 | 吉冈雄太郎 |
| 内文制作 | 胡玉冰 |

| | |
|---|---|
| 出版发行 | 河南文艺出版社 |
| 本社地址 | 郑州市郑东新区祥盛街 27 号 C 座 5 楼 |
| 邮政编码 | 450018 |
| 承印单位 | 北京盛通印刷股份有限公司 |
| 开　　本 | 880 毫米 × 1230 毫米　1/32 |
| 印　　张 | 8.5 |
| 字　　数 | 190 千字 |
| 版　　次 | 2022 年 4 月第 1 版 |
| 印　　次 | 2022 年 4 月第 1 次印刷 |
| 定　　价 | 58.00 元 |